最近の部下は難解です

Sachi Umino
海野幸

CHARADE BUNKO

Illustration

篠崎マイ

CONTENTS

最近の部下は難解です

サラリーマンは飲むのも仕事です、という妻への言い訳のようなセリフを独身時代真面目に実践し、肝臓をやられた同僚がいた。

年の瀬になると毎年思い出す。彼が倒れたのも年末だった。

病院に見舞いに行ってやると、同僚はベッドの上で青白い顔をして「社会人の酒は濃い」と悟った顔で呟いた。お前が貧乏根性剝き出しにして上司の勧める高級ウィスキーを原液で飲みたがったからだろう、とは、言わないでおいた。不思議と年上に好かれる男で、度重なる上司の誘いを断れなかったのもわかっていたからだ。

入社から八年目。三十歳ともなると健康と仕事を天秤にかけた話題が無駄に増える。

「今年の忘年会は課の飲み会からスタートですね、斉賀主任」

ざわざわと騒がしい居酒屋で、懐かしくも下らない記憶に浸っていたら、隣に座る女子社員が声をかけてきた。

座敷には長方形の座卓が並び、同じ課の人々が顔を揃えている。店員がビールを運んでくるのを角の席で待ちながら、兼人は「そうねー」と笑顔で間延びした声を上げた。

「さすがに十二月に入ってすぐに忘年会とは思いませんでした」

「まぁねぇ、幹事も頑張ったんだろうけどなかなか予約がとれなかったんでしょ。それより

「野村さん、今日はメイク気合入ってるね。いつにも増して綺麗だ」

笑顔のまま、この部屋暑いね、なんて話をするのと同じ軽やかさで兼人が言うと、野村の頬にサッと喜色が走った。

「またまたぁ、主任はいつもそうやって……」

「ていうか主任、そういうことさらっと言ってると本気にされちゃいますよ」

斜め前に座る別の女子社員が茶々を入れてきて、本気だもの、と兼人は笑顔で返す。

「でも誰も本気にしてくれないんだよね」

「実際リップサービスですよね？」

「ほら、皆そういうこと言う」

弱り顔で笑う兼人の周囲で、女子社員たちがころころと笑う。ちょっとしたことで笑ってくれるのは、きっと今年一発目の忘年会でテンションが上がっているからだ。兼人も一緒に笑っていると、少し離れた席から同僚が「斉賀、ただしイケメンに限るってやつだからな！俺たちが同じこと言ったらセクハラ扱いされるんだからな！」と野次を飛ばしてきた。

そうかな、と芝居がかった仕草で前髪をかき上げてやると、また女子社員が喜ぶ。

（イケメンっていうか、むしろパンダとかピエロって言った方が近そうだけど……）

掌で作った陰の下、兼人はひとり微苦笑を漏らす。

課内にとどまらず部内においても、兼人は目立つ。理由のひとつは、三十歳という若さで役職についているせいだろう。

役職といってもたかが主任だ。係長のサポートと、同じ課のメンバーに目を配る班長くらいの役割で、平社員だった頃と仕事の内容はさほど変わらない。それでも同期の中で肩書がついたのは兼人が一番だった。

その上見た目も悪くない。形のいい薄い唇は常に柔らかな笑みを含み、高い鼻が顔の中心を真(ま)っ直(す)ぐ貫いている。タイピンやカフスなど小物の趣味がしゃれているのも女子社員たちから一目置かれる要因だ。目元の涼やかな美丈夫だが性格は気さくで、惜し気もなく笑みを振りまく辺り、芸能人も裸足で逃げ出す華やかさだ。

しかしというか、だからというか、兼人はモテない。

いわく、なんだかおしゃれすぎて生活感がないから。いわく、ハイスペックすぎて一緒にいると気疲れしそうだから。いわく、自分みたいな平凡な人間で満足してくれるわけがなさそうだから。

なんだその偏見、と憮然(ぶぜん)とすることしきりだが、それが世の女性陣の反応だ。

その上、なまじ顔立ちが整いすぎているためか無表情になると近寄りがたいオーラが垂れ流されてしまうらしく、「傲慢」だの「高飛車」だのいわれのない非難が飛んでくる。だから兼人は普段からできるだけおちゃらけたキャラを演じていた。

美形すぎてもいいことなんてひとつもない。常々兼人はそう思っているが、口にすると同性の連中に全力でやっかまれるので黙っている。

兼人は額に当てていた手を下ろし、くだけた調子で隣の女子社員に顔を近づけた。

「野村さん、今日はメイクだけじゃなくてアクセサリーも華やかじゃない？」

「よく見てますねぇ、主任は」

「そりゃ営業は相手を観察するところから始まるから——」

恥ずかしがって顔を背けた女子社員の耳元でピアスが揺れる。それが蝶をかたどっていることに気づいた途端、兼人の背中にぶわっと冷や汗が浮いた。

「うん……よく、似合ってる」

顔に笑顔を貼りつけたまま、不自然にならないようにゆっくりと身を引いた。タイミングよく店員が瓶ビールを運んできて、蝶から距離をとるべくテーブルに身を乗り出し、向かいに座っていた係長の田古部にビールをつぐ。

全員のコップにビールが満ちると、遠くの席で課長が立ち上がり、乾杯の前に一言喋り始めた。そちらに顔を向けていたら、すぐ側でトントン、とテーブルを叩く音がした。顔を前に向けると、田古部がじっとりと兼人を睨んでいる。

「それにしても斉賀君、やっぱりこの時期に忘年会っていうのは早すぎたんじゃないか？」

いよいよ来たかと、兼人は辟易した表情を微苦笑で隠した。

田古部は五十を超えてようやく係長になった男で、態度は大きいが器が小さい。昨年、田古部が係長に昇進すると同時に兼人が主任に任命されたのは、恐らく田古部のフォローを期待されてのことだろう。

実際田古部は平気で客先への連絡を忘れるし、仕入れ先への態度は横柄で、その尻拭いをするのはいつも兼人の仕事だ。自分の仕事より田古部のフォローに忙しい。

田古部は後退し始めた髪を掌で撫で（な）ながら、聞こえよがしな溜息（ためいき）をつく。

「やっぱり十二月の半ばを過ぎた頃じゃないと雰囲気が出ないだろう。とても忘年会って気分じゃない。深山（みやま）君にもう少し調整するよう指導しなかったのか？」

深山は今回の忘年会の幹事だ。今年の春に入社したばかりの新人で、今は兼人が指導に当たっている。

すみません、と殊勝に頭を下げつつ、兼人は胸の内で毒を吐く。

（アンタが座敷じゃなきゃ嫌だとか個室じゃなきゃ駄目だとか金曜でなきゃ行かないとかさんざん条件つけてきたからだろうが！　そんな店早々に予約で埋まっちまうんだよ！）

言っても詮ないので口にはしない。だが周囲の女子社員は田古部がさんざんごねたのを知っているだけにしらけ顔だ。そもそも兼人が田古部の側に座っていなければ、きっと誰も田古部の近くになどいなかったに違いない。

課長が乾杯の音頭をとり、皆が飲み始めても田古部の小言は終わらない。

「大体深山君も、有名大学を卒業したっていうからどんなのが来るのかと思ったらあれだ。

まったく使いものにならないんだからな。いまどきの若い奴っていうのは皆ああなのか？電話の応対もろくにできないし、名刺の渡し方もなってない」

「新人なんて皆そうですよ」

「でも名門大学を出てるんだろう？　最初なんて見積もりも失敗したじゃないか。先方の締め切りに間に合わなくて。数学科を出ているんだろう？　数字には強いと思ったんだが。いい大学を出ているくせに、肩透かしもいいところだったな」

大学、大学と連呼する田古部は、どうやら学歴にコンプレックスでもあるらしい。兼人は口元に緩い笑みを浮かべてビールを口に運ぶ。そうしないと暴言が唇を割って出てきてしまいそうだ。

（そりゃアンタがきっちり指導してやらなかったからだろうが！　どんな大学出てたって、教えもしないで見積書作れる新人なんているかよ！）

深山が新人研修を終えて兼人たちの課に配属された当初、指導役は田古部だった。

最初こそ田古部も乗り気だったようだが、一ヶ月と持たず指導がおろそかになった。ちょうど客先でトラブルが発生し、その対処に追われて深山の指導にまで手が回らなくなったのだ。おかげでそれから数週間、深山は仕事を教えてくれる者もいない状態で、田古部から押しつけられる雑用をただただこなしていたことになる。

田古部の雑用を終えるとメールのチェックと電話応対くらいしかできることがなくなる深

山に気づいたのは兼人で、それを田古部に指摘すると「だったら君が指導してくれ」と面倒臭そうに言われてしまった。「彼は指導しても手応えがないし、何を考えているのかよくわからない」とも。

指導の手応え云々は指導する側の力量の問題だと思うが、何を考えているのかよくわからないという言葉は否定しきれなかった。

深山に対する小言を繰り返す田古部に適当な相槌を打ちつつ、兼人は部屋の入り口近くに座っている深山を横目で見た。

酒の席だというのにきっちりと正座をしてちびちびとビールを飲んでいる深山は、姿勢のよさと長身が相まって、座っていても皆より頭ひとつ抜きん出ている。見たところ周囲の人間と会話をする様子もなく、だからといって居心地悪そうなふうでもなく、仏像のような風貌で黙々と箸を動かしているようだ。

(口数が少ない上に顔がよく見えないから、何考えてるかよくわからないんだよな……)

深山は若干、前髪が長い。きちんと整えてはいるのだが、俯くと完全に目元が隠れてしまう。その上縁の太い黒い眼鏡などかけていて、目元の表情がよく見えない。

(あと、服のセンスが悪い)

深山はよく珍妙な柄のネクタイを締めてくる。幾何学模様やペイズリー柄のように細かな模様ならともかく、中央に一点でかでかと「∫」や「φ」など、宇宙と交信してるのかな?

と疑うような記号がプリントされているので見逃してやることができない。

深山は背も高いし、無駄な肉もついていない。後ろから見ると目を惹くくらいスタイルがいいのだが、正面を向いた途端もう駄目だ。胸の中央に踊る謎の記号が、深山のすべてを「不審」という霧で包んでしまう。

一度指導しておくべきか。しかしネクタイの柄にまで口を出すのは行きすぎだろうか。そんなことを考えていたら、田古部がコンコン、とコップの底でテーブルを叩いた。

「斉賀君、聞いてるか？　君は深山君の指導役なんだから、きちんと教育してもらわないとまずいって話だぞ？」

初っ端に教育をしくじった奴が何を言う、という言葉は呑み込み、兼人は胡坐を組んだ膝に両手を乗せて深々と頭を下げる。

「申し訳ありません。善処します」

「斉賀君もこれから人の上に立つこともあるだろう。そういうとき、仕事だけじゃなく世の中のこともきちんと教えられないと後々苦労するぞ。君はちょっと見た目がいいから多少手を抜いても皆見逃してくれるだろうが、全部が全部それで済むわけじゃないんだからな」

手なんか抜いたことねぇ、という言葉が喉元まで迫り上がってきて無理やり押し潰した。傍目にはゲップでもしたように見えただけだろう。これ以上は胃炎になると、兼人はビールを一息で飲み干して腰を浮かせる。

「だったら早速新人指導に行ってきます！　深山の奴、新人のくせに黙々と飲み食いしてるだけなんで！」

「そうだな、酌に回るよう注意してきなさい」

愛想よく頷いて兼人が立ち上がると、たちまち周囲の女子社員が不満の声を上げた。兼人はわざとらしくウィンクをして、すぐ戻るよ、と投げキッスまでしてみせる。三十路男がこんなことをしたらドン引かれるのが普通だが、なぜか兼人がやると周りが喜ぶ。見目麗しい兼人は女性たちにとってどこまでも非日常の存在であるらしかった。

兼人は大股で田古部から離れ、深山に一直線に近づいていく。追加の注文でもしていたのか、廊下に膝をつく店員と何か話していた深山が兼人に気づいた。フレームの大きな黒縁の眼鏡に隠されがちな深山の表情を読むことなど端から放棄して、兼人は深山の傍らにしゃがみ込み、片腕で首を抱き寄せた。

「深山！　飲んでるか！」

遠慮なく体ごとぶつかったつもりだったのだが、深山の大きな体はほとんどぐらつくことがない。深山は兼人に首を引き寄せられた状態で、嫌がるでもなくわずかに頷く。

「いただいてます。主任は……？」

「おう、コップが空だ。つげ」

兼人が持参した空のコップを突きつけると、深山は兼人の腕をそのままにして従順にビール瓶を手にした。深山の周りには男性社員しかおらず、側に座っていた兼人の同僚が「斉賀主任、横暴！」と茶化してくる。兼人は笑ってそれを聞き流し、深山にだけ聞こえるよう耳元で呟いた。

「後で課長と係長にもつぎに行ってこい。全員にする必要はないから。面倒臭いけど新人のうちは我慢しろ。他の新人連中にも後で言っておく」

兼人のコップにビールをついでいた深山の手がわずかに止まる。喧騒（けんそう）にまぎれてしまうくらい小さな声で「はい」と返事はあったものの、前髪と太い眼鏡のフレームで隠されがちな横顔からは、深山が心中何を思っているのかよくわからなかった。素直に聞き入れたのか、不貞腐れているのか。

指導役なんて憎まれてなんぼだよな、と溜息のような笑みをこぼし、兼人はまだジャケットも脱いでいない深山の胸元に無造作に手を突っ込んだ。

さすがに驚いたのか、深山の体がビクッと跳ねる。文句を言われる前に兼人は深山のネクタイを摑（つか）んでまじまじと覗（のぞ）き込む。今日のネクタイの柄は、なぜか蟹座（かにざ）のマークだ。

「……深山、蟹座なの？」

「え……違いますけど……」

うろたえたような声で否定されて少しだけホッとした。蟹座だから蟹座のマークのネクタイをしているなんて、深山だからMの字が編み込まれたセーターを着ているのと同じくらいダサい。しかし、蟹座でもないのに蟹座のマークを選ぶ理由も不明だ。

もう少しデザイン性のあるものならまだしも、無地のネクタイのど真ん中に星座のマークがでかでかとプリントされているネクタイというのは社会人としてどうだろう。やはり指導しておくべきか悩んでいると、向かいに座る兼人の同僚が声をかけてきた。

「おい斉賀、あんまり深山に絡むなよ。そいつ固まってんだろ」

「絡んでない。むしろこいつは俺のお気に入りだ。だから俺以外誰もこいつに手ぇ出すなよ！」

深山の首に腕を回したまま、座敷中に響き渡るような大声で言ってやった。酒が入っているおかげか、くだらない冗談にもドッと場が沸く。

兼人はときどき、こうして意識的に皆の前で深山にちょっかいをかける。深山は無口で表情が読みにくいので、入社から半年以上が経つというのに未だに課に溶け込めていないきらいがある。課には深山の同期も数人いるのだが、彼らも深山をとっつきにくく感じているようだ。こうして深山を弄ることで、いずれそれが消えればいい。

笑いながら深山についでもらったビールを飲んでいた兼人は、深山が先程から身じろぎしていないことに気づいた。コップをテーブルに戻し、横から深山の顔を覗き込む。

深山？　と声をかけようとしたとき、目の端を何か黒いものが過った。

深山の首に腕を回したまま、兼人はぎくりとして斜め後ろを振り返る。

畳の上を這う、黒いもの。さほど大きくはなかった。だが気になる。なんだ。

忙しなく視線を巡らせると、部屋の隅の畳に煙草の焦げ跡があるのを発見した。

（……なんだ）

ホッとして全身の力を抜いたら、ぐらりと体が傾いた。

黒いものの正体を見極めるのに必死で、いつの間にか深山に全身で凭れかかっていたらしい。深山は畳に手をついて体を支えることすら失念したのか、硬直状態のままゆっくりと真横に倒れていく。深山に凭れかかっていた兼人も当然道連れだ。

深山の隣に座っていた者は支えるどころか身を避けて、二人揃って見事に畳に倒れ込んだ。

横向きになった深山に覆いかぶさった状態で、俄には状況が理解できず兼人は目を瞬かせる。目の前には深山の耳があり、自分が深山にのしかかっていることに気づいて慌てて畳に手をついた。

「悪い、深山……っ！　大丈夫か！」

起き上がろうとして、手元が滑った。再び深山の上に崩れ落ちるのと、深山が体をひねって仰向けになったのはほぼ同時だ。

視界一杯に深山の顔が映し出される。だが、何かおかしい。いつもと違う。

その原因がわからないまま、深山の顔がさらに近づいて視界が真っ暗になった。

唇に柔らかいものが触れる。

ズルッと唇が滑ってすぐにその感触は消え、兼人は闇雲に腕を振り回してなんとか上体を起こした。力任せに掌で畳を押し、今度は後ろに倒れ込みそうになる。周囲の人間は兼人たちがバランスを崩して倒れたとしか見ていないようだ。酔うには早いと和やかに笑われ兼人も一緒に笑ってみるが、心臓がどかどかと肋骨を叩いているようで呼吸も覚束ない。

（今口で触ったの……深山の頬っぺたか？　それともまさか……口か⁉）

そんなピンポイントで唇にぶつかるわけがないとは思うものの、深山は畳に倒れ込んだままなかなか起き上がろうとしない。

やはり口に当たっていたか。今のは完全に自分の過失だ。謝罪の言葉を探していたら、ようやく深山がのそりと起き上がった。

「おい、大丈夫か深山。眼鏡まで飛んでったぞ」

深山の隣に座っていた者が笑いながらテーブルに眼鏡を置く。

兼人は乱れる息を無理やり整え、フレームの大きな眼鏡を横目で見た。深山の上に倒れ込む直前に感じた違和感の正体はこれか。思えば裸眼の深山など見たことがない。

「あ……あのー……深山、ごめんな？」

恐る恐る声をかけてみたものの、深山はいつまでも俯いたきり動かない。

この落ち込みよう、まさかファーストキスか。ならば土下座くらいするべきだ。しかし今ここでそれをすると、周りの人間に何が起きたかばれかねない。

次の言葉を言いあぐねていると、ようやく深山が顔を上げた。

長い前髪の下で何度か瞬きをした深山は、そこでやっと眼鏡がないことに気づいたのか、顔の前で力なく手を振った後、いきなり目にかかる前髪を後ろにかき上げた。

そのときも、兼人は深山の顔に違和感を覚えた。単に眼鏡がないからというだけではない。その正体がすぐには摑めず、ゆらゆらと深山の顔に視線を漂わせる。

（あれ、こいつ……こんな顔してたっけ……？）

黒くて長い前髪にも、縁の太い眼鏡にも隠されない深山の顔が、いつもとは少し違って見える。

「み……深山……？」

別人と対峙しているようで思わず名前を呼んでしまったが、胸に垂れたネクタイの柄は蟹座のマークで、やはり深山で間違いない。

しばらくしげしげとその顔を見て、ようやく兼人は違和感の正体に気づいた。

（わかった、こいつえらい美形だ！）

眼鏡と髪型だけでこうも印象が変わるものか。

それまで深山に対して抱いていた冴えないイメージが瞬時に払拭され、ようやく目の前の男の虚像と実像がぶれなく一致する。と同時に、愕然として兼人は声を失った。

深山の鼻筋が通っていることと唇の形がいいことは前から知っていたが、目は自己主張しない性格を反映するようにもっとしょぼしょぼしているかと思っていた。そんな勝手な予想など華麗に裏切り、男らしい太い眉と切れ長の凛々しい目で、深山がこちらを見ている。そうだ、深山は最前からずっと見ている。自分のことを。

「あっ、み、深山、わ、悪かった！　本当に……」

兼人が謝ってみても深山の表情は動かない。瞬きもしないものだから本気で彫像のようだ。それより何より目が鋭い。睨まれているようで声が尻すぼみになってしまう。

「あ、の、でも、じ、事故みたいなもんだから！　わ、笑って許して、くれると……ありがたいなー……なんて……」

己を奮い立たせて敢えて明るい口調で言ってみたが、眉ひとつ動かさない深山のプレッシャーに負けて語尾がうやむやになってしまった。口元が引き攣る。深山の真顔が怖い。

周りの者も二人の態度がおかしいことに気づいたのかざわざわし始めた。

やはり深山を押し倒したとき、うっかり互いの唇が触れてしまったようだ。そうでなければ深山がこんなに怒るはずがない。だが公衆の面前でそれを謝ることなどできず、兼人は強張った笑みを浮かべてそろりと立ち上がった。

「ちょっと……口でもゆすぎに行くか？」

立ち上がりざま小声で囁くと、兼人の顔を追ってようやく深山の視線が動いた。裸眼ではよく見えないのか、眉間に微かなシワが寄る。兼人はテーブルに置かれていた眼鏡を掴むと、とにかくこの場から一度離れようと深山の腕を引いた。

「ほら、行くぞ深山！　皆、すぐ戻るからご歓談を！」

立ち上がった深山は前髪の隙間から相変わらずじっとこちらを見ていて、声が震えそうになるのを必死で隠して座敷を出た。正直なところ、深山に背中を向けるのがとても怖い。いきなり後ろから殴りかかられそうな気がする。

肩越しにそっと振り返ると、深山は片手を前に突き出し、覚束ない足取りで廊下に出てきたところだった。

「あ……眼鏡ないと見えないのか？」

兼人の声に反応したのか、深山がこちらを向く。前髪の下で目を眇めたのは、裸眼でものがよく見えないからだろう。

「とりあえず、そっちの角まで行こう。手、貸してやるから」

座敷から追いかけてくる好奇の視線を感じ、兼人は深山に片手を差し出す。それすらもよく見えないのか、深山は眉間にざっくりとシワを刻んでから慎重に指先を兼人に預けた。

手を出してくれるということは、まだ和解の余地はありそうだ。人知れずホッと胸を撫で下ろし、兼人は深山を振り返りつつ廊下を進む。

角を曲がった先にある廊下の突き当たりには暖簾がかかっており、その向こうはひっそりと静まり返っていた。暖簾の奥を覗いてみると、狭いスペースにビールケースや段ボールが乱雑に積み上げられ、他は外へ出る扉がひとつあるだけだ。搬入口なのかもしれない。

人気もなく、酔っ払いたちの喧騒も遠い。ようやく人心地ついて、兼人は改めて深山と向き合った。

「深山、さっきは本当に申し訳ない。俺の不注意で……」

少しは平常心を取り戻し、兼人は深く頭を下げる。途中、まだ深山の手を握ったままだったことに気づいてぎこちなく指先を緩めた。

「ちょっと、他のことに気をとられてな……すまなかった。あ、眼鏡も返すから」

ほら、と黒縁の眼鏡を差し出してみるが、深山が受け取る気配はない。それどころかまだ無言で兼人を見ている。前髪の向こうから、据わった目で。

（――……怒ってる）

深山の目を見返せず、兼人は視線を左右に揺らす。自然と体が逃げを打ち、廊下の壁が背中に当たった。いつの間にやら逃げ場がない。

やはり土下座か。ここなら人目もない。相手は七つも年下の新人だが、どう考えても非はこちらにある。廊下に膝をつこうとしたら、ふっと目の前が翳（かげ）った。

視線を上げると、前より近くに深山の顔があった。やはり裸眼ではよく見えないのか、わずかに目を眇めている。草食動物のように大人しい目をしているとばかり思っていたのに、思いがけず獰猛（どうもう）な目元にぎくりとする。

「め、眼鏡……かけた方がいいんじゃないか……？」

手にしていた眼鏡を掲げようとしたら、深山の体にぶつかった。気づけば互いの距離がほとんどなくなっている。もう一方の手はまだ深山の手に掴まれたままだ。兼人はもう指先を緩めているというのに、深山の方が放そうとしない。

何かおかしい、と思ったら、唇を吐息が掠（かす）めた。えっ、と短い声を上げたら、吐き出した声ごと深山の唇に呑み込まれる。

最初、兼人には何が起きているのかまるで理解できなかった。

押しつけられた唇がわずかに離れ、再び重なって、舌先が兼人の唇をこじ開けようとする。そこまでされてやっと我に返った兼人は、あらん限りの力で深山の胸を押しのけた。

「な——な……っ……何すんだ！」

深山の大きな体がよろけて離れる。大声を出したつもりだったが、意に反して語尾が掠れた。男にキスをされた衝撃があまりに大きかったせいだ。

兼人に突き飛ばされた深山は、なぜか驚いたような顔で目を見開き、懲りずに兼人に手を伸ばそうとする。兼人がとっさにその手を払いのけると、今度は困惑顔で兼人との距離を詰めてきた。

「主任、どうして……」

「どうしてって、そりゃこっちのセリフだ！　元は俺が悪かったけど、こんな……」

「だって主任、さっき俺のこと気に入ってくれてるって言ったじゃないですか……！」

深山の大きな体がぐいぐい迫ってきて、壁と深山に挟まれた兼人は深山の言葉を反芻する。

すぐに座敷で自分が叫んだ言葉を思い出し、兼人は雷に打たれたように体を跳ね上がらせた。

「違う！　意味が違う！　わかれよ！」

確かに気に入っているとは言った。実際目もかけている。だがそれは、決してキスを許すという意味ではない。そんなことは周りで聞いていた人間なら誰でも、深山以外例外なく理解していたはずだ。

再び兼人に押しのけられた深山は、「違う……」と口の中で呟いてようやく兼人と距離をとる。たちまち凛々しい眉の端が下がった。眼鏡で隠されていないだけに、今日は深山の表情がよくわかる。明らかに落胆した顔になって、深山はしゅんと肩まで落とした。

（……なんだ、なんで俺がいじめてるみたいな感じになってんだ）

罪悪感が湧いてきたものの、本当に悪いのは自分なのか確信が持てない。突如混乱の頂点に追いやられてまともな思考が停止した。その場を立ち去ることすら忘れた兼人の前で、深山はじっと何かを考え込んでいるようだ。

しばらくして、ようやく深山がぼそりと呟いた。

「俺……前から主任のことがずっと気になってたんですが、どうしてなのかよくわからなかったんです……」

訥々とした告白になす術もなく耳を傾けていたら、深山の声に力がこもった。

「でも、さっき急にわかった気がしたんです、気に入ってるって言われて、押し倒されて、キスをされて、俺、頭の中が真っ白に……！」

「俺だって今頭の中真っ白だけど多分そういう理由じゃない！」

実際思考回路は白いペンキでもぶちまけられたように真っ白だ。眼鏡を外した深山は度を越した美形だし、突然キスされるし、たった今告白まがいのことまでされてしまった。

（なんなんだ、深山ってそういう……？　それともこれ、嫌がらせか何かか？　ファーストキスを奪われた仕返しか？）

すっかり深山のファーストキスを奪ってしまったと思い込んでいる兼人は、混乱しつつも深山の顔を窺い見る。そして、ギクリと体を強張らせた。

黒い前髪に隠されがちな深山の目元が、赤く染まっていた。眉尻は下がり、口元も何かを堪えるように真一文字に引き結ばれている。視線は一瞬も兼人から離れない。それを見たら、嫌でもわかってしまった。

（――……本気だ）

営業の基本は相手を観察することだ。客先や仕入れ先と交渉を繰り返すうちに、相手の表情を読む術も長けてくる。

だからわかる、と断言したかったが、そうでなくとも一発でわかったかもしれない。

それくらい、深山の顔や視線からは兼人を想う気持ちが露骨ににじんでいた。

「――……っ、そ、そんなもん、勘違いだ！」

兼人は俯いて、手にしていた眼鏡を深山の胸に押しつける。それを深山が受け取るのを待ち、素早く回れ右して大股で座敷に戻った。

座敷はいい塩梅に場の空気がほぐれていて、兼人は喧騒の中に逃げ込むように入り口から遠い角席に戻った。相変わらず向かいの席の田古部は面倒臭かったが、係長と話し込んでいればさすがの深山も割り込んでこないだろうと熱心に相槌を打つ。

しばらくすると深山も戻ってきて、何事もなかった顔で追加の注文などし始めた。途中、兼人の言いつけを守りビール瓶を持って課長の席へ向かったので、田古部のところにも来るだろうと予想してトイレに立つ。

座敷に戻ってみると案の定深山は田古部に捕まりくどくどと説教を受けていて、その間は別の席に移ってやり過ごした。深山が元の席に戻ったのを確認して、再び田古部の向かいに戻る。

その後深山はほとんど席を動かなかったが、兼人はつい深山を視線で追ってしまう。深山は幹事らしく追加注文に忙しく、こちらを見る余裕もないようだ。そもそも前髪と大きなフレームの眼鏡に隠され、深山がどこを見てどんな顔をしているのかなどわかりようもない。

何度も席を立ったせいか、今日はやけに酒の回りが早い。

気を抜くと深山の方を見たままぼんやりしてしまう自分を叱責して、兼人は田古部の陳腐な営業論に熱い賛辞を送り続けたのだった。

課の忘年会が行われたのは金曜の夜だった。

週が明けて月曜日。兼人は重い足取りで会社へ向かった。

幸い午前中は客先へ直行だったが、午後からはずっとデスクワークの予定だ。深山の指導役を任されている以上、まったく顔を合わせないというわけにはいかない。

（週明けに見積もり出すように言っておいたしな……客先に持っていく資料の準備も頼んでおいたし、絶対あいつの方から声かけてくるよな……）

兼人の勤める会社は、体重計や血圧測定器などの健康機器メーカーだ。個人向けの商品はもちろん、医療機関向けの大掛かりな測定器なども扱っている。

駅前の牛丼店で昼食を終え、くちくなった腹をさすりながら自社ビルのエレベーターに乗り込む。ただでさえ午前中に訪問した客先から無茶な納期を突きつけられたばかりだというのに、月曜から頭が痛い。他に乗客のいないエレベーターで首を鳴らしていると、営業部のフロアに到着した。

さてどんな顔で席に着くべきか。淀（よど）んだ目でエレベーターホールに足を踏み出した兼人は、とっさに足を引き戻す。ホールに深山がいたからだ。

深山は相変わらずフレームの大きな黒縁の眼鏡をかけ、その上に前髪がかかって表情が見えにくい。だが、兼人に気づくとぺこりと小さく会釈をしてきたので、普段通りの反応に少しだけ安堵してエレベーターから出た。

「お疲れ。これから昼か？」

自分でも驚くほど自然な声が出た。無自覚に体の横で拳を握りガッツポーズをする。

「いえ、昼食はもう食べました」

深山の声も平淡だ。居酒屋の廊下で聞いた、妙に上ずった声はしていない。

この調子なら金曜のことはなかったことにできるのでは。一瞬頭に浮かんだ楽天的な考えは、深山の横を通り過ぎようとして消滅した。

「主任、少しお話があるのですが」

通り過ぎざま、いつになく固い声が飛んできて足が止まった。立ち止まったはいいものの振り返ることができず、兼人は極力のんきな声を上げる。

「今？　お前これからエレベーター乗ってどっかに行くところだったんじゃないの？」

「いえ、主任が戻ってくるのを待ってたんです」

なぜデスクではなくエレベーターホールで。それほど火急に伝えなければいけない話などあるのか。肩越しに深山を振り返ると、深山は黙って奥の会議室を指差した。

断れる雰囲気ではなく、先延ばしにしたところで状況が好転するとも思えない。観念して、兼人は深山の先を歩いて会議室に入った。

窓際にホワイトボードが置かれた会議室には、長方形の机の周りにパイプ椅子が並んでいる。そのひとつに腰かけて、兼人は向かいに座るよう深山を促した。前回壁際に追い詰められた記憶はまだ鮮明で、できればテーブルひとつ分だけでも距離を空けておきたい。

深山も大人しく兼人の向かいに座る。今日の深山のネクタイは、数字の「8」が大きくプリントされている。

「……深山は八月生まれ？」

「いえ、違いますけど……？」

じゃあなんで八、と突っ込みたくなるのを堪え、「で？」と兼人は腕を組む。

深山は黙って、テーブルの上に一枚の紙を滑らせた。

見積書でも作ってきたのかと紙を覗き込んだ兼人は、印刷されていた文字を見て目を瞠（みは）る。

差し出されたのは、休職申請書だ。

兼人の視線が勢いよく跳ねる。眼鏡の向こうからこちらを見る深山の目は、真剣だ。

（待て……待て待て、どうしてそうなる……どうしてそうなる⁉）

すぐにはかける言葉も見つからずただただ深山の顔を凝視していたら、深山の方が先に目を伏せた。

「少し、お休みをいただけたらと思いまして……」

「お……俺のせいか!?」

休職願なんてそう簡単に出てくるものではない。大抵は体調を崩して長期休養するときか、転職先を探すときか、そのどちらかがほとんどだ。

「まさかお前、どこか病気ってわけじゃないよな……?」

サラリーマンは飲むのが仕事、という言葉を実践して入院した同僚も休職願を出していたことを思い出し慌てて尋ねたが、深山は首を左右に振る。

「……だったら、どうして急に？　理由は？」

テーブルに身を乗り出して兼人が尋ねると、深山は少し考え込むふうに下を向き、ぽつりと言った。

「少し、自分を見詰め直そうかと……」

「見詰め直してどうすんだ、会社辞める気か！」

「いえ、そういうわけでは……」

「だったらなんで！」

声を荒らげた兼人を、前髪の隙間から深山がじっと見詰めてくる。そこに居酒屋の廊下で見たのと同じ熱がこもっていることに気づいて、兼人は熱気に当てられそうになり慌てて後ろに身を引いた。

深山の目は熱っぽい。その上どこか恨みがましさが漂っているようで、兼人はたちまち深山の顔を見返せなくなる。

やはり自分のせいだろうか。事故とはいえ深山にキスをしてしまったから。それともその後、深山のキスを突っぱねたからか。はたまたまともに深山の告白に耳を貸してやらなかったせいかもしれない。

確かにあのときの自分は混乱して、深山の言葉を頭ごなしに否定して終わらせてしまった。とりあえず一度は相手の言葉を受け入れるのは交渉の基本なのに、そんなことも失念していたとは自分もよほど余裕がなかったらしい。

兼人は一度大きく息を吐くと、深山の顔を見られないまま深く椅子に座り直した。ここは一度、深山の言い分をじっくり聞いてやる必要がありそうだ。

「……とりあえず、休職は一度考え直せ。お前の言うこと、全部聞いてやるから」

テーブルには休職申請書が置き去りにされている。きちんと深山の自筆で必要事項が書かれ、印鑑まで押されていた。深山は本気だ。

前回のように深山の想いを頭から否定するのだけはやめよう。そう心に決めて深山の返答を待つ兼人に対し、深山が言い放ったのはこんな言葉だった。

「だったら、主任のこと抱かせてください」

うん、と頷きかけて全力で思いとどまった。勢いよく顔を上げたら首の後ろの骨が嫌な音を立てたが痛みも感じない。

「な……っ、なん……」

「一度だけでいいので」

「違う！　なんの話してんだ！」

動転して兼人は拳でテーブルを殴りつける。だが深山は小さく瞬きをしただけで、淡々とした口調を崩さない。

「お前の言うこと全部聞いてやるって、今言いませんでしたか？」

兼人の目が泳ぐ。そんな恐ろしいこといつ言っただろう。考えて、すぐに深山が自分の言葉を取り違えていることに気づいた。

「――あれはそういう意味じゃない！」

もう一度兼人はテーブルを叩く。言うことを聞いてやる、というのは言い分に耳を貸してやるという意味であって、要求を呑んでやるという意味ではない。そういうことを説明してやりたかったのだが、次々とんでもない方向に飛んでいく会話に頭がついていかず、的確な言葉が出てこない。

とりあえず落ち着け、と自分を宥めて額に手を当てたら、深山がテーブルに置かれた書類をそっと手元に引き寄せた。

「主任が言うことを聞いてくれるなら、これは処分します」

兼人の肩先がピクリと震える。テーブルに肘をつき指の隙間から深山の表情を窺ってみた。深山は真顔だ。裏を返せば、兼人が言うことを聞かなければ休職願は提出されてしまうということか。

退職願ではなく休職願なのだから大事にする必要もない気もするが、兼人の脳裏を掠めるのは酒を飲みすぎて入院した同僚の姿だ。

彼も長期療養のため休職願を提出した。退院したら会社に戻ってくるつもりだったらしいが、結局会社は辞めてしまった。兼人は彼を引き止めたが、なんとなく戻りにくい、と苦笑していたのを思い出す。深山もそうやって、休職から退職に転じかねないではないか。

兼人は低く唸って目を閉じる。正直なところ、新人の深山が会社を辞めたところで業務上大きな痛手は特にない。せっかく仕事を覚えてきたところなのにもったいないとは思うが。

（それよりも、係長だ）

田古部は深山が休職すると聞いたら、きっと鬼の首を取ったかのように嬉々として兼人を責めるだろう。君の指導の仕方がいけなかったんじゃないか、見た目のよさは女の子にしか通用しないんだよ、なんてことを得意気に語るに違いない。

（言いそう……凄く言いそう！）

田古部は学歴コンプレックスでもあるのかよく深山に大学のことで突っかかるが、見た目にもコンプレックスがあるようで兼人にもたびたび絡んでくる。

そのたび兼人は、お前の仕事のフォローしてやってんのは俺だぞ！　と叫びたくなるのを必死で堪え、笑って田古部の難癖を聞き流さなければならない。

その上ここで深山が会社を去ったら、きっとこの先五年は同じネタでいびられる。それまでさんざん自分が深山をこき下ろしていたことなど忘れた顔で、有名大学出身の将来有望な人材を兼人が辞めさせてしまったと何度でも蒸し返してくるのだ。

想像しただけでキリキリと胃が痛くなった。できることなら、どんな些細なことでも田古部にだけは弱みを握られたくない。

兼人は顔の前で両手を組み、そろりと深山に視線を送る。

深山は両手を膝に置き、背筋を伸ばして何も言わない。それでいて、瞳だけが雄弁だ。今は眼鏡で遮られているというのに、それでもわかるほど熱っぽい視線を送ってくる。

兼人は再び顔を伏せると強く奥歯を嚙みしめた。

今後の精神衛生上、深山に会社は辞めてほしくない。辞めるとしても、せめて自分の指導を離れてからだ。だからといって、男の自分が深山に抱かれるなんて。

「…………無理です」

考えるより先に喉の奥から絞り出すような声が漏れていた。

「俺の言うことは全部聞いてくれるって言ったじゃないですか」

「だから……。いや、そうだとしても、何か別のにしてくれ」

深山に抱かれるという条件より受け入れがたいものはないだろうと思い直し、言葉の行き違いはそのままに提案してみたが、深山からの返答はない。別の条件を考えても思いつかないのだろうか。ということは。

（本気で俺を抱きたいとでも思ってんのか……）

背中に冷たい汗が浮いた。なぜ自分のような男相手にそんな気になるのか理解できない。

兼人は決して小柄ではない。むしろ百八十近い長身だ。女性的な顔もしていない。女性たちに騒がれるのも自分に男性的な魅力があるからだろう。

（ということは深山は、ホモなのか……？）

元来女は受けつけないタイプなのかもしれない。それならあり得る。

ぐるぐるとそんなことを考えていたら、カサリと紙がこすれる音がした。

「だったら、一ヶ月だけ恋人のふりをしてください」

握りしめた両手に強く額を押しつけていた兼人は、固まってしまった首の関節を無理やり動かすようなぎこちない動作で顔を上げる。向かいでは深山が、申請用紙を綺麗にたたんでいるところだ。

深山の長い指先が丁寧に紙の折り目をなぞるのを無意識に目で追いながら、兼人は掠れた声で尋ねる。

「恋人のふりって……どんな……？」

「そうですね……会社の帰りに食事をしたり、休みの日にどこかへ出かけたり」

「デートってことか？」

深山が頷くとさらりと前髪が揺れ、眼鏡の奥の目元が赤く染まっているのが見えた。案外初心（うぶ）な反応に、兼人は全身の力を抜く。

「そのぐらいだったら……別に、構わない」

「本当ですか？　だったら早速、今週の土曜日とか、つき合ってもらえますか？」

普段あまり声の調子が変わらない深山が、珍しく明るい声を上げる。頷いてやると、わかりやすく深山は目を輝かせた。

申請用紙をさらに半分にたたみながら、どこへ行こう、とひとりごちる深山の口元は少し緩んでいて、中学生のようなはしゃぎ方を見ていたら弛緩した体を支えきれなくなった。ドッとテーブルに倒れ込む。

「主任？　大丈夫ですか？」

「……気にするな。とりあえず一ヶ月つき合ってやるから、その用紙はどこにも出すなよ」

テーブルに突っ伏したまま念を押すと、深山は従順に「はい」と返して席を立った。

「それじゃあ、主任も約束は守ってくださいね」

「あー……一ヶ月間恋人のふりな……」

「ふりでも、恋人同士は恋人同士ですから。何をされても文句言わないでくださいね」

弛緩していた体が再び硬直した。びくりと震えた兼人の肩先に気づいたのか、深山が口早に言い添える。

「もちろん、無理強いするつもりはありません」

「……当たり前だ、男同士だって無理やりは犯罪だ」

深山がどこまで本気で言っているのかわからず、兼人はテーブルに向かって低く言い放つ。語尾が震えてしまった理由が怒りなのか呆れなのか恐怖なのか自分でもわからない。

深山は椅子を戻すと、会議室の入り口に向かう途中で足を止めた。

「それから、抱かせてもらえればその時点で恋人のふりは終わりにしてもらって構いませんから」

ついでのように恐ろしい言葉をつけ足す深山に、兼人は一言も返せない。

結局お前俺のこと手籠めにする気満々だろう、と問い詰めたかったが、さらりと頷かれでもしたら怖くて明日から会社に来られなくなる。

深山が会議室から出ていってしまっても、兼人はテーブルに突っ伏したままなかなか身を起こすことができなかった。恋人のふりなんてせいぜいデートという名の外出を繰り返せばいいだけだろうと甘く見積もった己が憎い。最初に「抱かせてほしい」なんてエベレストよりハードルの高い要求を突きつけられてしまっただけに、次の要求の内容をよく確認もせず安易に飛びついてしまった。

(あいつ結構交渉術あるじゃないか……)

場違いなことを考えつつ、まんまとその術中にはまった兼人は、昼休みが終わってもしばらく会議室から出ることができなかった。

深山と一ヶ月恋人のふりをすると約束したその翌日、早速深山から週末のデートについてメールが来た。ところが送られてきたのは会社のアドレス宛で、社内に記録が残るからと兼人は慌てて自分の携帯アドレスを深山に教える羽目になった。

そうして訪れた十二月二週目の土曜日。

深山に指定された駅の改札前で、兼人は通り過ぎる人々を漫然と眺める。

街はクリスマスカラー一色で、駅の構内にもその余波が押し寄せていた。コンビニの店頭に並ぶ赤と緑の菓子に、クリスマスツリーがでかでかと印刷された旅のポスター。通り過ぎる人たちは皆綺麗に着飾って、うきうきした空気がそこかしこに満ちている。

そんな中、兼人の表情だけが暗い。

当たり前だ。これから男とデートなのだ。気が沈まない方がどうかしている。

(その上深山の私服とか……どんな格好で来るんだか想像もつかん)

蟹座のマークだの数字の八だの宇宙との交信記録のような意味不明なマークだの、深山が選ぶネクタイは壊滅的にセンスが悪い。スーツとワイシャツなんてセンスの出しようもない服であれなのだから、私服はどうなってしまうのか考えるだけで恐ろしかった。

深山が悪目立ちした場合に備え、兼人はなるべく目立たぬよう、黒のロングコートにブラックジーンズ、ついでに中も黒いVネックのセーターという全身黒尽くめで来た。深山をエスコートするならこれくらい無難な格好でちょうどいいだろう。

遠い目をしてそんなことを考えていたら、後ろから軽く肩を叩かれた。

「すみません、お待たせしました」

深山の声だ。兼人は奥歯を噛みしめる。深山がどんな格好をしていても決して動揺すまいと腹に力を込め、覚悟を決めて背後を振り返る。

そこには拍子抜けするほど普通の格好をした深山がいた。

丈の短いすっきりとしたスタンドカラーのアウターに、細身のパンツを合わせている。髪型も縁の太い眼鏡も会社で見るのと一緒だ。靴も至って平凡な革のショートブーツ。

返事も忘れてまじまじと深山の姿を眺めていると、兼人の機嫌が悪いとでも思ったのか、深山は慌てて腕時計に視線を落とした。

「すみません、そんなに待ちましたか？」

「いや、約束の時間よりまだ早いだろ。それより……お前、私服は意外と普通だな」

「私服はって……会社では何かおかしかったですか？」

「ネクタイが」

長いこと指摘しようかすまいか迷っていたことが、ポロリと口から転がり出た。それでも深山はまだ不思議そうな顔をしている。

これはいい機会かもしれないと、兼人は思いきって続けた。

「だって蟹座のマークのネクタイとかわけがわからないだろう」

「蟹座……？　なんですか、それ」

「まさかわかってないでつけてたのか⁉　こういうマークだ！」

指先で空中に数字の六と九を相向かいにしたようなマークを描いてやると、ようやく深山が眉を開いた。

「それ、六と九ですよね」

「いや……蟹座……。いやいや、それだけじゃなくて、数字の八とか！」

そもそも蟹座のマークを理解していないらしい深山に説明を求めるのは諦め、別のデザインを挙げると、深山はわずかに目元を緩めた。

「好きなんです、八。格好よくないですか。二の三乗ですし、横向きにすると無限大で」

「お……？　おう……」

頷いたものの、すぐには三乗がなんだかよくわからなかった。わずかに考え込んでから、二を三回かけたら八になる、と頭の中で理解する。だがそれの何が格好いいのか。

深山の感性に共感するのは放棄して、兼人は別のマークを宙に描いた。

「だったらあれは……こういう、丸に斜めの線が走ったような……」

「ファイですね。円の直径を表す記号です」

「あ……数学の記号か？」

他に何があるとばかりキョトンとした顔で深山が頷く。そういえば深山は数学科を卒業している。つまりネクタイに描かれていたのはすべて数学に関連した模様ということか。問い質（ただ）してみると、深山は面映（おもは）ゆそうに頷いた。

「そうなんです。数学研究者が立ち上げたブランドがあって、ネクタイはそこで買ってます。海外のブランドなのでネットでしか買えないんですが……」

「数学の研究者が、デザイナー……？」

「異色ですよね。あ、でもこのマークのネクタイは別の店で買ったのですが」

深山が宙に蟹座のマークを描いてみせる。どういう意味でしょう、と首を傾げる深山は、本気で六と九を組み合わせたデザインだと思い込んでいるようだ。

（センスが悪いっていうか……むしろハイセンスすぎるのかな、こいつ）

てっきりパーティーグッズを売っているような店でネクタイを買っているのかと思ったら、海外ブランドとは恐れ入った。ついでに根っから数字の世界を溺愛しているのだとも思い知る。

理系の感性についていけずぼんやりしていたら、横から深山に顔を覗き込まれた。

「それじゃあ、早速行きましょうか。コースはこちらで考えてきましたので」

「……お前が考えてきたのか？」

職場ではまだ自主的になりきれていない深山なので、どこに行きましょう、なんて言われると思っていただけに拍子抜けした。

自分が彼女とデートをするときは必ずこちらがプランを考えてこなければいけなかったので、これはこれで楽だな、とのんきに考え深山に続く。だが駅の外へ出た途端、外灯を持った係員が道路整備をするほどの人ごみに出迎えられて後ずさった。

「おい、なんだよこの混みよう……！　花火大会でもあるまいし……」

「駅前の通りでイルミネーションをやっているんです。毎年結構混むんですよ」

言われて辺りを見回しても、イルミネーションらしきものは見当たらない。駅から少し離れた場所にあるらしい。にもかかわらず駅を出た途端この混雑とは、一体どれほどの時間人ごみに揉(も)まれなければならないのか。

辟易したが、深山が考えてきたコースにケチをつけても始まらない。一ヶ月の辛抱だと自分に言い聞かせ、不承不承深山と人ごみの中に突入した。

しかし、牛歩のごとくのろのろ進む人の流れと、どこを見てもカップルしかいないこの状況はさすがに辛(つら)い。夕方の待ち合わせだったので食事だけして終わりだろうと思っていた兼人は、寒風に首を竦めて不平をこぼした。

「お前絶対モテないだろ……！　カップルが遊園地の長蛇の列に並んでそのまま別れ話に発展する理由とかわかってないだろ！」

「どうして別れ話に発展するんですか？」

「寒いとか腹減ったとか疲れたとかお互いマイナスの感情が噴き出してくるからだよ！」

右隣にいる深山に噛みつく勢いで言い放つ。周囲の人間より頭ひとつ背が高い深山は、人いきれなど無関係だろう涼しい空気を吸い込んで、小さく首を傾げた。

「俺は、主任の側にいると思ったらそれだけでもう、他のことなんて何も考えられませんけど……」

人ごみの中で、深山は周囲の耳を気にしたふうもなくとんでもない言葉を口にする。

ときめくどころか、周りにホモだと思われると思ったら心臓が別の意味で跳ね上がった。とっさに周囲へ目を向けるが、幸い誰も深山の言葉は聞き止めなかったようだ。それでも兼人が深刻な顔で、やめろ、と首を横に振ると、深山も察して話題を変えてくる。

「主任はモテるでしょうから、デートコースも詳しいんでしょうね」

「……俺は別にモテない」

「まさか。百戦錬磨のつわものだって、女の子たちが噂してましたよ」

そういう話題も人ごみの中では遠慮してほしい。案の定、前を歩いていたカップルの女の子がちらりと兼人を振り返った。「確かに」と思ったのか「そうでもないじゃん」と思ったのか知らないが、値踏みするような目で見られるのはあまり気分がよくない。自然と兼人の口調は捨て鉢になる。

「妙な噂を信じるな。つき合ったことがあるのなんて二人だけだ。しかもどっちも俺が捨てられた」

眼鏡の奥で深山が目を丸くする。信じられないとでも言いた気な顔だが、事実だ。

初めての相手は高校一年生のとき。バイト先で知り合ったやけに色っぽい女子大生だった。相手は華やかな容姿の兼人を女に慣れた遊び人と判断したらしい。就職活動中の息抜きにさんざん兼人を弄び、東京(とうきょう)に就職が決まるやあっさり音信不通になった。

二人目は高校三年生のとき。卒業式直後、隣のクラスの同級生に告白された。半ば強引に手を引かれ相手の家に向かい、告白されたその日にベッドイン。そしてその日のうちに「いい思い出になった、ありがとう」と笑顔で手を振り彼女も行ってしまった。

兼人のバイト先が学校から近かったため、兼人が年上の女子大生とつき合っていることは周知の事実で、学内でも遊び人のレッテルを貼られていたことなど当時の兼人は知る由もない。強引に誘われたとはいえきちんとつき合うつもりだった兼人は、去っていく背中を呆然(ぼうぜん)と見送ることしかできなかった。

「……卒業旅行でもするかのように俺の体の上を通り過ぎていったな」

「その二人だけなんですか?」

「もう一人は……」

言いかけて、彼女とはつき合ってもいなかったな、と口を噤んだ。兼人が大学二年生のときの話だ。これはまだ、気楽に話せるほど胸の傷がふさがっていない。

それだけだ、と素っ気なく兼人が締めくくると、深山が疑うような視線を向けてきた。疑われてもこれ以上のネタはなく、兼人は深い溜息を返す。

「なんかな、皆本気にしてくれないんだよ。遊ばれそう、とか言って。声をかけてくる相手は最初から冷やかしか遊びかどっちかだ。前に観賞用って言われたこともある。一緒に生活するには息苦しくて、遠くで見てるくらいでちょうどいいんだと」

憧れの芸能人が側にいるみたいで気楽に鼻もほじれない、と女らしさの欠片もなく言ったのは大学時代の女友達だったか。相手が俺じゃなくても好きな男の前で鼻なんてほじるな、と呆れ顔で返したら大きな口を開けて笑っていた。兼人の周りの女性には、私欲を捨てて完全にファンに徹するか、この女友達のように兼人を毛頭異性扱いしないかの二種類しかいない気がする。

なかなか辿り着かないイルミネーション会場にのろのろと向かいながら、周囲に気を配るのも面倒になってそんな話をしていたら、ふいに深山が身を屈めてきた。

「それは、一緒にいると好きすぎて苦しいとか、そういう意味とは違うんですか?」

深山なりに気を遣って周りの人間に聞こえぬよう配慮したのだろう。だが、いきなり耳元で吐息交じりに囁かれた兼人は悲鳴を上げそうになる。

「そ……っ、そういう意味じゃない！」

「そうですか……俺はてっきり……」

身を屈め、兼人に顔を近づけたまま深山は言葉を濁す。

言われなくてもわかった。眼鏡の奥から、深山が思い詰めた目でこちらを見ている。自分はまさにそういう意味で苦しいのだと、熱に浮かされたような目が語っている。

ぱちりと心臓の内側で何かが爆ぜて、兼人は慌てて深山の体を押しのけた。

「あんまり近づくな、暑苦しい」

「寒いよりはいいじゃないですか」

よくない、と一蹴したものの、深山の顔を見返せなかった。

深山の目は正直だ。慕情がまったく隠せていない。

そういう目で見られると、兼人はそわそわと落ち着かない気分になる。

本気でつき合おうとは思わないけれど、目の保養。そう言いながら自分を眺める女性は多くいる。だが、深山のように食い入るような目で見詰めてくる者は皆無だ。だから慣れない。落ち着かない。

「俺は、寒いの苦手なんだよ……行列も苦手だし、そもそもあまり外に出ないし」

深山から顔を背け、ごまかすように兼人は呟く。

「休日は家にいることが多いんですか？」

「飯のときくらいしか外には出ない。リサーチは営業の基本だぞ。ちゃんとやっとけ」

「はい、次は気をつけます」

恋人のふりは一ヶ月続く。当然次もあるだろう。次がいつになるかは知らないが、その日まで深山は自分とのデートプランに頭を悩ませるのだろうか。遠巻きにされるばかりで、誰かに誠心誠意尽くされた経験もない兼人は居心地悪く肩を竦める。

深山の顔を見ていられず、反対側に視線を向けた兼人はビクッと肩を揺らした。

いつの間にか列が前後していたようで、斜め前に先程まではいなかった赤いリュックを背負った女性がいる。それもただのリュックではない。黒い斑点が描かれたそれは、どう見てもテントウムシを模していた。

いきなり目の前に巨大なテントウムシが現れ、キャラクターグッズだとわかっていても兼人の背中にぞぉっと震えが走った。

奇抜な柄のリュックから離れたい一心で、兼人は深山のいる方にぐいぐいと体を寄せる。だが、深山は一向に体を横にずらそうとしない。あっちに移動しろ、と焦って顔を振り上げたら、こちらに横顔を向けた深山の赤い耳が目に飛び込んできた。

兼人はしばし深山の赤く染まった耳を見上げ、自分が深山に体を押しつけていたことに気づいてハッと後ずさりをする。だが、反対側では相変わらず大きなテントウムシのリュックが揺れているわけで、できればそちらにも行きたくない。

「み……深山……」

困り果てて深山の名前を呼んだら、やけに心細い響きになってしまった。深山がわずかにこちらを向く。長い前髪の下で、思いがけず鋭い瞳が兼人を貫く。

本能的に危険を感じ、深山と距離をとろうとしたら人ごみの中で強く右手を摑まれた。寒風に晒(さら)され冷えきった兼人の手とは対照的に、深山の手は熱い。予想外の強さで掌を握り込まれ、硬直しているうちに互いの掌を合わせて指を絡めるように手を繫(つな)がれた。

こんな人ごみの中で、男同士で手を繫ぐなんてどうかしている。とっさに腕を引こうとしたら、前を見たまま深山がぽつりと呟いた。

「……他の人には、きっと見えませんから」

深山の顔に視線を向けるが、外灯の光が深山の眼鏡に反射して、どんな顔をしているのかよくわからない。わかるのは、深山の耳や頰が噓(うそ)みたいに赤く染まっていることだけだ。

真っ赤に燃えるたき火を見ているうちに自分の頰まで火照ってくるように、深山の熱に当てられそうになって兼人も慌てて前方に視線を向ける。

(手ぐらいで……中学生でもあるまいし……)

揺れる視線の中に赤いリュックが見え隠れする。心なしかこちらに近づいてきている気が

してとっさに深山の手を強く握り返したら、深山の体が硬直した。そういうつもりではないと弁解する暇もなく、深山の指先にも力がこもる。

兼人は口の中で悪態をつくと、赤いリュックをなるべく視界に収めないように足元に視線を落とした。深山に摑まれている方の手だけがやけに熱い。

すがりつくように指先を絡めてくる深山の手はその後も一向に緩まず、どんどん熱を帯びるその手が気になって、ようやく辿り着いたイルミネーション会場の電飾はほとんど目に入ってこなかった。

さんざん人ごみに揉まれてイルミネーションを見た後は食事に行くことになった。

深山に長時間強く握られたままの手はその後もしばらく痺れたようで、兼人は深山に案内されて夜道を歩く途中、そっと片手を振って痺れを払う羽目になった。

そうして連れられてきたのは、ガード下の焼き鳥屋だ。

「お前は本当にさぁ……チョイスがおかしいだろ」

網の上でじうじうと肉汁を滴らせる串を眺め、兼人は呆れ返った声を出す。

カウンターしか席のない店内は狭く、兼人は壁際の席なので、深山の大きな体と壁に挟まれ閉塞感が尋常でない。焼き物は時間がかかるのでとりあえず頼んだポテトサラダを頬張ろうにも、少し動くだけで深山の体に肘が触れる。

「カップルだらけのイルミネーションで寿司詰め状態からようやく解放されたと思ったら、今度はぎゅうぎゅうのカウンター席って……！　もっとゆとりを持ったコースを選べよ」

すみません、と殊勝に頷き、深山はハイボールのつがれたコップを両手で包む。

「こうなることくらい想像ついただろ？」

「ついたので、コースに盛り込みました」

ポテトサラダを頬張った兼人は、聞き捨てならないセリフに眉を上げる。深山はコップについた水滴を指先で辿り、伏し目がちに呟いた。

「すみません……少しでも主任と、くっついていたくて……」

わざと混んでいる場所を選んだと言いにくそうに白状され、兼人はごくりと喉を上下させた。

「そんなこと言われた俺は今ドン引きだぞ……」

すみません、と深山が頭を下げる。それだけで互いの肘が触れ合って、兼人は居心地悪く椅子に座り直した。急に空気越しに深山の体温が伝わってきた気がして、意味もなく二の腕をさする。

深山は兼人が微妙な顔をしていることに気がついたのか、すぐに話題を変えてきた。

「ところで、主任がつき合ってた女の子の話なんですが……」

「妙なタイミングで蒸し返すな」

「三人目って、どんな人ですか？」

思いがけない質問にドキリとして、兼人は無言でビールのジョッキに手を伸ばす。一口飲んで、息を整えてから深山に視線を向けた。深山は静かに返事を待っている。

「……つき合ったのは二人だけだ」

「最後に、『もう一人は』って言ってたじゃないですか」

「その子とは……つき合わなかった」

それ以上言うことはないと示すつもりでもう一口ビールを飲む。硬い表情で兼人がジョッキをテーブルに戻すなり、深山は溜息交じりに呟いた。

「でも、主任はその人のことを一番覚えているような顔をしていたので……」

深山の声はどこか苦しそうだ。ちらりと視線を向けて、後悔した。

田古部から深山の指導を引き継いでからの数ヶ月、深山は表情が読みにくいとずっと思っていたのに。あれはなんだったのかと思うくらい、深山は視線と表情で様々なことを兼人に訴えてくる。

気になる。知りたい。貴方のことを教えてほしいと、切々と目が語っている。さらにその向こうに、どんな相手だ、今も好きなのかと、嫉妬(しっと)めいた感情も見え隠れする。

遠くから見ているのが一番気楽でいい、と女性陣から距離を置かれがちな兼人は、こんなふうに他人に踏み込まれた経験がほとんどなく、だから上手い切り返しができない。

「俺のことなんて……そんなに知りたいか」

「知りたいです。とても」

結果墓穴を掘ってしまい、いたたまれなさに勢いよくビールの残りを呷った。低く潜められた深山の声は、茶化せないくらい真剣だ。

「俺のことより、お前のことを話せよ！」

新しいビールを注文して、兼人は重たくなったジョッキをテーブルに叩きつけた。ジョッキの縁からビールがこぼれ、すかさず兼人におしぼりを渡してきた深山が小首を傾げる。

「俺の何をお話ししましょう」

「だから、たとえば……なんで俺を……その、そういう対象として見るようになったのか、とか……」

先週の忘年会で、深山は兼人のことがずっと気になっていたと言った。そのきっかけはなんだったのか、自分のどんな軽率な行為が深山にそんな気を起こさせてしまったのか、今後のためにも知っておきたかった。

それまで頬にちりちりと当たっていた深山の視線がようやく外れた。ほっとして横目で窺うと、深山は言葉を選ぶように小さく唇を動かしてから、ぽつぽつと語り始めた。

「主任に面倒見てもらうようになってからすぐ、俺が見積もりで失敗したの覚えてますか」

「あー……、あれか。金額じゃなくて、納期を大幅に短く見積もったやつな」

金額的には問題なかったが、受注品で本来三ヶ月は納期がかかるところを一週間と書き添えて深山は客先に提出していた。田古部から兼人に指導役が変わる直前のことで、田古部が最終チェックもせず客先に見積もりを流し、後で問題が発覚したのだ。客先から問い合わせがあったときはすでに指導役は兼人に代わっていて、田古部は自分のことなど棚に上げ、監督不行き届きだと兼人を叱責した。

「あのとき主任、会議室に俺を呼び出したじゃないですか。怒られるんだろうなと思って行ってみたら、テーブル一杯に部品が並べてあって、びっくりしたんです」

兼人は黙って深山の言葉に耳を傾ける。そのときのことなら兼人も覚えていた。

今回のことは納期をきちんと説明しなかった田古部にも責任がある。それなのに深山ひとりを叱りつけても仕方がない。だが田古部の手前、「次から気をつけろよ」という一言で済ませるわけにもいかず、会議室に呼び出したのだ。

そして、注文を受けた製品の部品を工場から幾つか送ってもらって深山に披露した。

「ネジとか、基板とか、そこに乗ってるコンデンサーとかダイオードとか……そういうのをひとつひとつ見せてくれながら、うちの購買部の発注の仕方も教えてくれましたよね」

兼人は黙ってジョッキを傾ける。自然とあのときの情景が蘇（よみがえ）った。

『お前、ネジはどうやって買いに行ってるかわかるか？　まさか購買部の連中がホームセンターに買いに走ってるなんて思ってないよな？』

出し抜けに言ってやると、深山は虚を衝かれたような顔をした。考えたこともなかったのだろう。しばらく黙り込んで、答えた声は自信なさ気に小さかった。

『やっぱり、注文書を切って……？』

『そうだよ。どんな小さなものでも、それこその辺の店で売ってそうなものでも注文書を切って発注する。即納なんて滅多にない。お前が客先から届いた見積依頼書をすぐに処理できないように、うちから送った見積もりも仕入れ先でしばらく置いておかれるんだから、これだけの部品が集まるまでにどれくらい時間がかかるかわかるだろ』

『……一ヶ月くらいですか』

『最短でも二ヶ月は見ろ。このコンデンサーがなかなか手に入らないんだよ。間が悪いと三ヶ月かかる。部品が揃ってもそれで終わりじゃないからな。そこからやっと工場で物が作られるんだからな？』

「あのとき、ネジの買い方から工場の生産工程まで、主任が一から全部教えてくれたのが、嬉しかったんです」

ふぅん、と鼻先で呟いて、兼人はごくごくとビールを飲み干した。

顔には出さないが、なんとも面映ゆい気分だった。

兼人は基本的に、人にものを教えるときは相手を幼稚園児と同じくらい知識がない相手として扱うことにしている。「この程度ならわかるだろう」と自分の判断で省いた部分が相手に理解されていなかった場合、後々大きな誤解が生じかねないからだ。

相手の肩書も年齢も関係なく懇切丁寧に説明するので、人によっては「そこまで説明されなくてもわかっている」と不快感を示す者もいるが、そのやり方を変えたことはない。

深山の場合も、入社前から噂になるほどの高学歴者にくどくどとわかりきったことを説明してはプライドを傷つけてしまうかと懸念しつつも、省かずすべて説明したのだ。

そのことを、深山は嬉しかったと言う。むずむずする肩を回して次の言葉を待っていた兼人だったが、それきり深山は言葉を切ってしまい、えっ、と引き攣った声を上げた。

「……まさかお前、それだけか？　それだけの理由で？」

ハイボールを口元に運んでいた深山は、はい、と生真面目に頷いてから改めてコップに口をつける。大きく上下する深山の喉元を呆然と見遣り、兼人は再び裏返った声を上げた。

「本当にそれだけなのか⁉　仕事教えてやったから？」

「はい、嬉しかったんです。それまでは皆、エクセルの使い方もまともに教えてくれなかったので……当然大学で習ってるよねって。確かに習いましたけど、会社に入ると学校とは全然違う使い方をしていたので困りました。主任だけです、俺にいろいろ教えてくれたのは」

なにやら嬉しそうに当時の心境を語る深山を前に、兼人は本気で頭を抱える。カウンターに肘をつき、両手で髪をかきむしるとたまらず声を張り上げた。

「だってそんなの俺のポリシーだもの！　お前が超いい大学出てようが関係ないだろ！　新

卒なんて学歴関係なく使えないのが当然だ！」

「そうですね。主任だけです、新人は恥をかくのが仕事だぞって励ましてくれたのは」

そんなことは深山に限らず毎年新人に言っているセリフだ。そう言ってやろうと横を向くと、深山が柔らかく目元を緩めてこちらを見ていた。

「新人なんて使えないのが当然だって、そのときも言われました。当たり前にそう言ってもらえて、本当に救われたんです」

そう言って、深山は照れたように視線を手元に落とす。

大事にしている宝箱を目の前で開け、またそっと閉じた小学生のようなその顔を見て、兼人は喉元まで出ていた言葉を呑み込んだ。代わりにジョッキに残っていたビールを一息で飲み干す。

兼人にとっては他愛もない言葉が、深山の中には深く根づいている。もしかすると、有名大学を卒業したと周りからさんざん期待され、深山もプレッシャーで押し潰されそうになっていたのかもしれない。

（だからって……そんなつもりなかったぞ、俺は……）

言い訳のように胸の内で呟いて、兼人は空になったジョッキをカウンターに戻した。次の一杯を注文しようとして、深山はまだ一杯目を半分も飲んでいないことに気づく。

さすがにペースが早すぎる。額に掌を押しつけるとやたらと顔が熱かった。耳の奥で心臓の音がうるさい。急速に酔いが回っていく。

ジョッキ二杯でなんてざまだと口の中で舌打ちして、兼人は横目で深山を睨んだ。深山が妙なことばかり言うのでペースが狂った。悪態をつこうとして、唇が止まる。

深山は目を伏せたまま、口元にわずかな笑みを浮かべてコップを両手で包んでいた。

兼人に対する慕情も隠さずぐいぐい迫ってきたときは空恐ろしい存在でしかなかったが、こうして大人しくしていればまだ可愛気がある。

改めて見れば、深山は睫が長く、鼻筋も通って、やはりとんでもない美丈夫だ。

客観的に眺めれば、造形として非常に美しい。美形、と言ってもいいだろう。今も真っ直ぐ背が伸びて、濡れたテーブルを紙ナプキンで拭う指先の所作が綺麗なのも好ましかった。

瞬きをしたら、深山の顔が二重にぶれた。視線に気づいたのか深山がこちらを向いて、控え目な笑みをこぼす。会社ではほとんど表情を変えないのに、兼人にだけ気を許したように目元をほころばせる深山を見たら、唐突に天啓が下りた。

「逆だったらいけるんじゃないか」

自分の声が、ガラスを一枚隔てているように遠く響く。

思った以上に酔っているな、と即座に理解したが、口にブレーキはかからなかった。意味を捉えかねたのか不思議そうに瞬きをする深山に自分から顔を近づける。

「抱かれるんじゃなくて、お前を抱く方だったらいけるかもしれない」

眼鏡の奥で深山が大きく目を見開く。店内の客に聞こえぬよう、兼人は声のトーンを落として囁いた。

「そうしたら、恋人のふりも今日でおしまいになるだろ？」

「今日って……これからですか……？」

さすがに困惑した表情で深山に尋ね返され、兼人は硬い表情で頷いた。

人ごみの中で深山と手を繋いで歩いているときから思っていた。深山とは、一刻も早くこの恋人ごっこを終わらせた方がいい。

兼人はこれまで高嶺（たかね）の花扱いされることが多く、相手から熱烈にアプローチされたことがない。どうせ無理だよね、と相手は頭から諦めて、ファンアピールをしてくるのがせいぜいだ。兼人に手を振りながら、もう一方の手を彼氏と繋いでいるような輩（やから）も多かった。

そのせいか、恋心を隠そうともせず強引に迫ってくる深山と一緒にいるとおかしな気分になる。男の自分が深山にほだされることなどないとは思うが、それでも深山の若さと予想外の情熱には若干不安が煽（あお）られる。できるだけ早くこの関係を終わらせたかった。

酔っているせいか不自然にぶれる視線を無理やり深山に合わせて返答を待っていると、深山が無言で眼鏡のブリッジを押し上げた。苦いものでも食べた後のように眉間にシワを寄せたその顔を見て、兼人は落胆の溜息をつく。

「やっぱ、無理か……」

「いえ、構いません」

そうか、と頷いてから数秒遅れて目を剝いた。表情に反してあっさりと提案を受け入れられてしまい耳を疑う。

「俺は構いませんけど、主任にできるんですか……?」

深山はむしろその点を案じているようで、自身が抱かれる側になることに抵抗はないらしい。察するや、兼人は力強く頷いていた。同じ男に抱かれるくらいだったら、抱く方がまだましだ。部屋の明かりを消して、目をつぶってしまえばどうにかなる。きっとなる。

意気込んでテーブルの上で拳を握る兼人を見て、だったら、と深山は吐息の交じる声で呟いた。

「行きますか……ホテル」

深山の声が艶を含む。

昔つき合っていた女子大生より色っぽい声にドキリとして、兼人はおもむろにジョッキを傾ける。ジョッキの中はすでに空で、ガラスの内側でとろりと泡が動いただけだった。


ガード下の焼き鳥屋から数分歩くと、あっという間にいかがわしいホテル街に辿り着いた。

幸い部屋の空きもあり、無人の受付で自動販売機のような機械から鍵を受け取り部屋に入る。

社会人になってから恋人を作っている暇もなかった兼人がラブホテルに来るのは、実に十年ぶり以上だ。

アルコールのせいかふわふわと雲を踏むような心地で室内を歩き回り、深山に勧められるままシャワーを浴びたところまではよかった。まだ酔いが残っていたからだ。

だが、ホテルに備えつけられたバスローブを着て、入れ違いにシャワールームへ入っていく深山を見送ったところでだんだん酔いが醒めてきた。

そもそも焼き鳥屋ではジョッキ二杯しかビールを飲んでいない。酩酊するには少なすぎる。急ピッチで飲んだのと、深山への突っ込みが激しすぎて一時的に酒が回ったに過ぎず、あっという間に冷静になった。

「お待たせしました」

そう言って深山が部屋に戻ってきたとき、シャワールームに背を向けてベッドに腰を下ろしていた兼人はほぼ素面だった。怯えも隠せず背中を丸めていた兼人は、恐る恐る背後を振り返り、喉の奥で悲鳴を押し殺した。

深山が濡れた髪をタオルで拭きながらベッドに近づいてくる。素肌にバスローブを羽織っているが、腰の紐を緩く結んでいるだけで胸元は大きくはだけていた。どう見ても男の体だ。

深山がベッドに腰を下ろし、スプリングがギッと軋んで兼人は全身を硬直させた。自分が抱く側でいいはずなのに、この緊張感はなんだろう。深山の方が体格がいいからか。それとも深山が自分を抱きたがっていることを知っているからか。深山に押し倒されたら終わりだと本能が訴えるからか。

兼人は生まれて初めて、二人きりになると急に警戒心が強くなる女性の心理がわかった。これは怖い。

深山はベッドを軋ませて中央まで来ると、主任、と普段と変わらぬ声音で兼人を呼ぶ。無意識に視線を下げてシーツのシワに視線をさまよわせていた兼人は、弾(はじ)かれたように目を上げた。ベッドの中央で、深山は頭からタオルをかぶって正座をしている。

「よろしくお願いします」

「お……おう……」

軽く頭を下げられて声が上ずった。主導権を握っているのはこちらなのに、どうしていいかわからない。とりあえず自分もベッドに上がるしかないと腹をくくって中央へ向かう。

料金が一番高い部屋しか空いていなかったので、ベッドがやけに大きい。兼人は深山の向かいに正座をすると、恐る恐る深山に手を伸ばした。深山は目を伏せて大人しくしていて、頭からかぶったタオルが顔半分を隠したままだ。

(しまった、電気消してなかった。でもルームライトの調節器も遠い……！)

暗ければ大丈夫だと思っていたというのに、うっかり部屋の明かりを落とすのを忘れた。しかし一度伸ばした手を引っ込めるのも間が悪く、兼人は震える指で深山の肩に触れた。

(——……硬い)

当たり前だが女性の華奢で柔らかな体とは違う。掌を押し返す骨と筋肉の感触にうろたえ視線を転じると、深山の首や胸が目に飛び込んできた。

筋の浮いた太い首も、広い胸も、自分と同じ男のものだ。普段は洋服で隠れて想像もつかなかったが、こうして目の当たりにしてしまうと最早頭から追い出すことができなくなる。きっと今電気を消しても、瞼の裏に何度も深山の裸体が浮かんでしまうだろう。

(思った以上にきつい……！)

見えなければ大丈夫、なんて考えが甘かった。指で触れれば嫌でもわかる。これは男の体だ。そして兼人は、男に対して欲情する性癖を持っていない。

兼人はゆっくりと深山の肩に触れていた手を戻すと、自身の顔に押しつけた。すでに電気を消しに行く気力もなくその体勢で煩悶していると、向かいで深山が微かな溜息をつく。

「やっぱり、できないでしょう」

掌の下で兼人は唇を噛む。酔いはすっかり引いてしまった。自分から言い出したことなのになんともしようがなく、兼人はゆるゆると手を膝に下ろした。

「……すまん」

「いえ、予想はついていたので」

深山は頭にかぶっていたタオルでガシガシと乱暴に髪を拭くと、それをシーツの上に放り投げた。

「よっぽど好きでなかったら、同じ男の体なんて触りたいと思えるわけないですよ」

濡れた前髪が目に入って鬱陶しいのか、深山はわずかに目を眇めて後ろに髪をかき上げた。シャワーを浴びた直後なので眼鏡をかけておらず、精悍な顔が露わになる。

兼人は思わず膝に置いた手でバスローブを握りしめた。

眼鏡を外してものが見えにくいからか、目を眇めがちな深山の視線はいつもよりずっと鋭い。焼き鳥屋のカウンターでこの顔が一瞬でも可愛く見えた自分はよほど酔っていたようだ。

硬直していたら深山と視線が交差して、兼人は仰け反りそうになる体を無理やりその場に押しとどめた。

どれだけ見えているのか知らないが、深山は兼人に瞳を向けて動かない。後ろに流した前髪が一筋額に落ちて、重厚さすら感じる深山の美貌に圧倒される。

すっかり場の雰囲気に呑まれている自分を悟られまいと、兼人は無理やり口を開いた。

「お前こそ……俺に触れるのか？　こうやって実際見たら怖気づくだろ？」

「いえ、ちっとも」

「こ、この体だぞ、胸だってないし」

ぐっとバスローブの胸元を引っ張ってみせると、深山の顔つきが変わった。

自分を抱きたいと言っている相手に肌を見せるなんて不用心だと気づいたのはその瞬間で、まさかと思う間もなく正面から深山の手が伸びてきた。肩を押され、呆気なく後ろに押し倒される。不意打ちとはいえ自分でも驚くほどまともな抵抗ができず、気がつけば真上に深山の体があった。

「……主任、本当に、俺が触れないとでも思いました？」

上から両肩を押さえつけられ、体を起こすこともできなかった。見下ろしてくる深山の目は本気だ。

「み……っ、深山、悪かった……俺が悪かった、落ち着こう」

喉の奥から絞り出した声は情けなく震えていたが、取り繕うだけの余裕もなかった。深山の手が移動して、首筋に指が触れる。深山の目があまりに思い詰めているので、このまま首でも絞められるのではないかと震え上がったが、指先はゆっくりと移動して鎖骨の上を撫でただけだった。

「触れますよ……ほら」

証明するかのように、深山は掌全体で兼人の胸に触れてくる。

息が止まるほど熱い掌だった。直前まで火にかざしていたかのようだ。上からのしかかってくる深山の体が、いつにも増して大きく見える。

「……ドキドキしてますね」

「す、するだろ、それは……取って食われそうで……」

言葉の綾ではなく、本気で兼人がそう感じていることなどわかっていない顔で深山がくすりと笑う。眼鏡がないせいか、前髪を上げているせいか、いつもとはまるで雰囲気の違う深山にうろたえた。力ずくで押し返してしまえばいいのにそれができないのは、深山の顔が尋常でなく整っているせいだ。こんなときなのに目を奪われる。

息を詰めて深山を見上げていたら、深山の掌が移動した。胸からみぞおちに至り、ゆっくりと体の中心に近づいていく。それに気づいた兼人は我に返り、悲鳴じみた声を上げて深山の胸を押しのけた。

「みっ、深山！　お前どこ触って……！」

「恋人同士なんですから、ボディタッチくらいするでしょう？」

「恋人って……設定だろ！　やめろ、やめろって、や……っ」

全力で両腕を突っぱねたつもりだったのに深山の体は動かない。大きな岩を押すようだ。そちらに気をとられた隙に脚の間に深山の掌が滑り込んで、兼人の声が途切れた。

雄を握り込まれて呼吸すら止まる。硬い大きな掌は女性のものとはまるで違って、性感帯というより急所をとられた気分になった。じわりと恐怖が這い上がって全身を硬くさせていると、深山が下からすくい上げるように兼人の目を覗き込んでくる。

深山は何も言わないが、瞳は相変わらず雄弁だ。じりじりと腹の底でくすぶっているものを映し出したかのように熱を帯びている。欲情しているのが嫌でもわかる。

心臓が竦み上がった。心拍数が急加速して、息が苦しい。

互いに黙り込んだまま、深山がゆるりと手の中のものを指先で辿る。兼人は内股が震えそうになるのを筋肉の力で押さえ込み、喉にもグッと力を込める。荒い息に混じって裏返った声が漏れてしまいそうで唇も噛んだ。

深山は手の中で兼人の雄を撫でていたが、しばらくして意外そうに呟いた。

「……勃(た)ちませんね」

「あ……、当たり前だ……っ！」

喉がからからに渇いて、言葉の途中で一度唾を飲まねばいけなかった。

同性に急所を握られるのがどれほど緊張するものなのか、深山にはわからないのだろうか。相手が異性ならば即座に性交が頭に浮かび興奮もするが、同性相手ではそんなイメージも浮かばない。結果、無防備に急所を晒している恐怖心だけが残る。

深山はそれでも名残惜し気に指を動かしていたが、諦めたのかようやく兼人の雄から指を引いた。ほっとしたのも束(つか)の間(ま)、深山はおもむろに兼人の膝頭に両手を置くと、ガバリとそれを左右に開いた。

バスローブの裾がはだけ、下半身に空気が触れる。

すぐには何が起こったのかわからず脚を閉じるのも忘れていたら、身を屈めた深山がいきなり内股にキスをしてきた。

「う……わあぁあぁっ！　深山！　何してんだお前！」

「手では難しそうだったので」

脚の間でくぐもった声がする。ベッドに肘をついて兼人が上半身を起こすと同時に、深山はためらいもなく兼人の雄を口に含んだ。

「ひっ、ば、馬鹿……お前——……っ」

怒鳴りつけようと思ったのに語尾は震えて空気に溶けた。萎(な)えたものは深山の口にすっぽりと収まり、口内でいいように舐(な)め回されて吸い上げられる。とろりと濡れた舌の感触と、柔らかく吸いついてくる熱い頬の粘膜に、一瞬で腰の奥が熱くなった。

「深山、やめろ……っ、やめろって……っ！」

制止の声に乱れた吐息が交じってしまう。深山もそれに気づいただろうか。想像しただけで耳が熱くなる。

相手は男だと己を戒め、目一杯腕を伸ばして深山の頭に掌を置く。渾身(こんしん)の力を込めて突き飛ばそうとしたら、兼人自身を口に含んだまま、深山が目だけ上げてこちらを見た。

深山の濡れた髪に触れた手が止まる。深山の目は欲情で濡れていた。けれど媚(こ)びた色は含んでいない。飛びかかってくる直前の獣のような目をしている。それでいて、舌と唇は従順に兼人の雄を愛撫(あいぶ)して、兼人をその気にさせようと必死だ。

兼人の視界がぐにゃりと歪(ゆが)む。ギャップに眩暈(めまい)を起こしそうだ。

深山はこんなにも男らしい顔で、雄の匂いを振りまいて、体だって自分より一回りは大きいのに。その気になれば力ずくで兼人をどうにかすることだってできるのに。

にもかかわらず深山が自分に対して行っているこれは、奉仕だ。

本来は競争相手であるはずの同性に奉仕されていると思ったら、背中を不可解な疼(うず)きが駆け上がった。

「みや……っ、ま……っ」

背筋を震わせたものが喉にも伝わったのか、声に甘さがにじんだ。深山の口に含まれたものがゆっくりと形を変える。そのことに、兼人はひどく動揺する。

相手は男だ。何をされたって反応するはずがない。そんな自分の思いに反して、体はどんどん熱くなる。

「……っ、う……」

先端の括(くび)れに舌を這わされ、腰が震えた。室内に水音が響き始めて兼人は掌で口を覆う。深山が口で含みきれなくなるくらい、自身は形を変えている。

掌の下で荒い息を押し殺していたら、深山が先端を口に咥(くわ)えたまま根元を手で扱(しご)いてきた。たちまち体の中心を貫いた絶頂感に兼人は脇腹を引き攣らせる。

「み……やま、放せ……っ！」

軽く吸い上げられて腰が砕けそうになった。すぼめた唇で追い立てられて、爪先が弓形になる。根元を扱く指先に容赦はなく、自分の荒い呼吸が心臓の音に塗り潰された。

「深山……っ、頼むから……！」

相手は男だ。男に触られて達してしまうなんてどうかしている。直前まで自分から深山の素肌に触れることもできなかったはずなのに。逆ならば問題ないなんてそんな道理があるだろうか。このまま達してしまったら、男も相手にできる証明になってしまいそうで怖い。

胸の内ではそう思うのに、張り詰めていく自身を制しきれない。

「嫌だ、深山――……っ！」

深山が反り返ったものを一際深く呑み込んで強く吸い上げる。その瞬間、深山がまた瞳を上げた。

深山の目を見てしまったら、あの熱に引きずられる。わかっていたのに目を逸らすことはできず、深山のひたむきに熱っぽい双眸を見た途端、爪先に火がついた。

「あ……っ、あぁ……っ……」

一瞬で体が燃え上がる。背中が仰け反って、腰が甘く痺れた。限界まで張り詰めた場所を濡れた粘膜が包み込んで吸い上げる。体を支える太い骨が蕩けるようで、堪えようがなかった。

兼人はとっさに片手で口を覆って吐精する。シーツの上で肘が滑って背中からベッドに倒れ込んだ。その間も深山がゆるゆると舌を動かしてきて、絶頂の余韻がなかなか引かない。

次第に呼吸が整ってくると、空っぽになった頭の中に、達してしまった事実がじわじわと

染み込んできた。

相手は男なのに。あんなにも耐えようと努めたのに。

一気に体から力が抜けて、兼人はシーツに全身を沈めた。脚の間から深山が離れていく気配があるが、それを追うだけの気力もない。

しばらく足元でごそごそと音がしていたと思ったら、深山が手の甲で口元を拭いながら兼人の顔を覗き込んできた。目が合うなりギョッとしたように両目を見開いた深山の顔が、一瞬でぼやける。

「……なんで泣いてるんですか」

うろたえ気味の声で深山に問われ、兼人は手の甲で乱暴に目元を拭った。

泣きたくなるのも当然だ。三十年間ノーマルに生きてきたのに、いきなり男に咥え込まれ、あまつさえ達してしまったのだから。

兼人は仰向けになったまま、真上にいる深山を涙目で睨みつけた。

「根っからホモのお前にはわからんだろう……！　男にいかされるのがどういう気分か！　お前にとったら女に襲われたようなもんだぞ！」

抵抗なく自分に触れてきた深山は元来異性を受けつけないのだろうと判断して兼人は怒鳴りつける。深山は何度か瞬きをした後、秀麗な顔にゆっくりと困惑の表情を浮かべた。

「……俺、根っからどころか、これまで女性としかつき合ったことはないんですが」

そう言った深山の言葉に不自然なところはなく、嘘や冗談ではなさそうだ。兼人は眦が切れるほど大きく目を見開くと、腹の底から声を押し出した。

「だったらどうして男に手ぇ出したんだよ！」

てっきり深山は男しか好きになれないタイプで、その上ファーストキスもまだの晩生な男だと思っていた。だからこそ、居酒屋の廊下で深山に迫られたときも、会議室で無理難題を吹っかけられたときも、ファーストキスを奪った自分が悪いのだからと無理やり納得したというのに。

ベッドの上で大の字になったまま、兼人は喉を震わせて叫ぶ。

「真っ当な恋愛経験があるなら男にキスされたくらい大したことじゃないだろ⁉　それなのにどうして男に手を出そうなんて思ったんだよ！　なんで道を誤った！」

最初からそこさえわかっていたら、一ヶ月間恋人のふりなんてわけのわからない要求も絶対呑まなかった。事前の調査をぬかった己を悔いて両手で顔を覆うと、いきなり手首を摑まれて顔の両脇に押しつけられた。

兼人の顔から手を引き剝がした深山は、シーツの上に兼人の手を縫いつけ、地鳴りのような低い声で言った。

「……こっちの道に引きずり込んだ張本人がそれを言うんですか」

兼人はひとつ瞬きをすると、猛然と抗議の声を上げた。

「俺のせいだって言うのか！」

「その通りですが」

「人聞きの悪いこと言うな！　むしろこっちがそっちの道に引きずり込まれようとしてるんだろうが！」

　思い違いを訂正しようと声を張るが、こちらを見下ろす深山の目がどんどん据わっていくのが怖い。

「なんだよその、責任逃れするのか、みたいな顔は！　むしろ責任転嫁してるのはお前の方だからな！」

「……まぁ、それはいいとして。それよりこれ、どうするんです」

　虚勢を張って大きな声を上げ続ける兼人を見下ろし、深山がグッと腰を落とした。四つ這いになって兼人の体をまたいだ深山の腰が腿（もも）の辺りに触れ、兼人はいっぺんに声を失った。

（……勃……っ、てる）

　自分に向かって放たれる熱量に、貧血でも起こしたかのように血の気が引いた。身を起こしていたら間違いなく後ろに倒れていただろう。

（い、いつから……ずっとか⁉）

　兼人はわけがわからない。深山は兼人を追いたてるばかりで、自身に触れていた様子はまるでなかった。ただ兼人を煽っていただけでこんなふうになってしまったのか。

兼人は現実から逃れるように天井へと視線を向けた。腿に押しつけられたものは熱く硬く、気分としては銃口を押し当てられているのと変わらない。体格差を考えれば、深山さえその気になればこちらの意思など関係なく犯されかねないのだと今更悟り、背筋に小さな震えが走った。

「先に誘ってきたのはそっちですよ」

天井を見ているうちに、深山の顔が近づいていた。端整な顔が至近距離からこちらを見据える。両手を押さえられた兼人は手で顔を覆うこともできず、深山から目を逸らせぬまま口を開いた。

「……今回だけ、見逃してください」

声に隠しようもなく震えが走った。だが、兼人は敢えて深山から目を背けない。

今更深山を言葉で説得するのは難しいだろう。ならば今は深山の良心にすがるしかない。年下相手にプライドもなげうち、ほぼ涙目で深山を見詰め続けていると、深山は沈黙の後、ごく小さな溜息をついた。

「しませんよ、無理やりなんて。そんなに怯えた顔しないでください」

「見逃してくれるのか……！」

「人を悪者みたいに言わないでもらえませんか……」

深山がゆっくりと体を引く。離れていく途中、シーツが動く音の向こうで、深山の潜めた声がした。

「好きな人に乱暴なんて……」

深山の体が遠ざかり、言葉の最後はよく聞こえなかった。

少しだけ不貞腐れたような深山の声はやけに幼く、あれ、と兼人は自由になった手で胸を押さえた。一瞬そこに、痛いようなかゆいような不思議な感覚が走った。よくわからず胸をさすっていると、唐突に深山が兼人の膝の裏に手を差し入れてくる。

気が抜けていた兼人の反応は鈍く、膝の裏を左右に押し開いた深山がその間に身を滑り込ませてくるまでほとんど動けなかった。

状況を悟った兼人は一気に青くなる。太腿の内側に深山の猛(たけ)ったものが押しつけられ、先程より緊迫感の増した体勢に悲鳴を上げた。

「深山、お前……っ、無理やりはないって言った舌の根も乾かないうちに……っ！」

「無理強いはしません。でも、少しだけ手伝ってください」

体を深く前に倒した深山が、兼人の唇の先で囁く。深山の額にばらばらと濡れた前髪が落ちて、これはこれでとんでもない色気だと兼人は声を呑んだ。

その間に、深山が自身と兼人の雄をひとまとめに摑んできて、兼人はヒッと喉を鳴らした。押しつけられたものの熱さに腰が引ける。そのままゆるゆると扱かれ、兼人は目の前に迫った深山の肩に手をついた。

「み……深山……俺さっきいったばかりだし、無理だから……」

「だったら手を貸してください」

「お、俺が、触るの……？」

「無理だったらこのままでお願いします」

一応深山の肩を押してみるが、思った通りびくともしない。視線を揺らすと、鼻もつくほどの至近距離で深山が軽く目を伏せていた。薄く唇を開いた顔がやけに艶を帯びて、ギクリとして兼人は深山の下で身をよじった。

「深山、俺本当に無理だから……この体勢でもいいから、お前だけやれよ！」

「もう一回くらい問題ないんじゃないですか？」

「無理だって！　俺もう三十だし！　オッサンに連発はきつい！」

兼人があまりに必死な声を上げたからか、目を上げた深山がふっと唇に笑みを含ませた。何かを堪えるような表情の下からふいににじみ出た笑みは扇情的で、見てはいけないものを見てしまった気分になって視線が泳ぐ。

「俺も、大学卒業するまでは三十歳はオジサンだと思ってました」

深山の声に吐息が交ざる。深山の掌と、深山自身が熱い。押しつけられた場所に、熱が移ってしまいそうで気を散らす。

「でも、主任のことを見ていたら、そうでもないと、思うようになったんです」

短いセリフが息継ぎのためにさらに短く途切れ、深山の息遣いが乱れていることがわかる。速くなる呼吸に合わせ、深山の手の動きも大きくなってきた。深山がわずかに顔を伏せ、首筋に熱い吐息がかかって兼人は身を竦ませた。

「それに主任、まだ自分のこと、オジサンなんて言うのは早いですよ」

深山の声に笑いがにじんだ。何が言いたいのかはわかっている。深山の手で扱かれている兼人の雄が熱を帯びつつあるのだ。

「い……異常事態だからだ……っ」

我ながら言い訳にもならないと思ったが、黙って肯定するわけにもいかず苦しまぎれに呻いた。深山はひっそりと笑って、兼人の首筋にキスをする。

「う……わっ、な、何……っ」

「駄目ですか、少しだけ」

少しってなんだと問い返す間もなく、深山は兼人の首筋にキスを繰り返して唇を耳元まで移動させる。くすぐったさに肩を竦めた兼人の耳元で、深山は低く囁いた。

「今だけは、恋人でしょう……?」

その瞬間の深山の顔は見えなかったが、隠しようもなく淋しさを漂わせる声に、うっかり兼人は返す言葉を失う。

(そりゃ、一ヶ月だけだし……もうこいつには一度いかされてるし——……)

首筋にキスをされたくらいで大騒ぎするのもどうだろう。それよりもむしろ今は、自身を追いたてる深山の雄の熱さと、指先の巧みさを意識の外へ追い出す方が優先だ。

深山は軽く息を乱して兼人の首筋にキスをする。荒くなっていく息遣いを耳元で聞かされて、兼人は唇を噛みしめた。気を抜くと、自分の息まで速くなってしまいそうだ。

「……っ」

どちらのものともわからない先走りのせいで、押しつけられた雄がぬるつく。深山の手もとろとろと滑ってもどかしい。もっと、とんでもない言葉が口から漏れてしまいそうでますます強く唇を噛む。

そうやって必死で兼人が口を噤んでいたというのに、深山はまるで遠慮がない。

兼人の首筋から耳の裏に唇を滑らせた深山は、兼人の耳朶に唇を這わせながら、荒い呼吸の下で囁いた。

「主任……好きです……ずっと好きでした」

それは低い男の声であったはずなのに、なぜか兼人の心臓は大きく跳ねる。

好きだ、なんてこんな熱っぽい声で言われたのは初めてではないか。初めてつき合った女子大生は「ねぇ、つき合おっか?」の一言で兼人の彼女の座に収まったし、次に声をかけてきた同級生も「ずっと前から見ていた」というようなことは言ったが、はっきり好きだとは言わなかった。

こんなにもダイレクトに感情が伝わってくる声で、こんなにも素朴な告白をしてきた者は他になく、不覚にも動揺して、胸の奥が熱くなった。熱は見る間に全身に伝わり、意識すまいと思っていた下肢にも至って、堪えきれず兼人は喉を仰け反らせる。

「あ……ぁ……っ」

緩んだ唇から溢れた声はやけに甘く、それを深山の低い呻き声がかき消した。その瞬間は兼人も快楽を追うのに夢中で、どちらが先に達したかはわからない。

薄く目を開けると、目の前で汗に濡れた深山の肩が忙しなく上下していた。最早不満を言う体力もなく、兼人は無茶を通した深山の肩を軽く叩いて目を閉じた。

風邪をひいたかもしれない。もしくは、二日酔いだ。

実際酒を飲んだのは一昨日だが、昨日もこんなふうに頭がぼうっとして熱っぽかった。

コピー機の前に立ち、排出口から次々と出てくる会議資料を見下ろして、兼人は今日だけで何度目になるかわからない溜息をつく。

営業部のフロアに視線を向けるが、デスクは半分以上が無人だ。皆外回りに出ているのだろう。残っているのはほとんどがアシスタントの女性職員と、それから。

まだひとりで客先を回れるほど経験を積んでいない深山が自分の席に座っていて、兼人は慌ててその横顔から目を逸らした。

(平常心、平常心を保て、俺。ここは会社、下手なことを思い出すな……)

兼人は胸の前できつく腕を組んで印刷される資料を睨みつける。そうしていないと何度でも一昨日のことを思い出してしまいそうだった。

深山に二回もいかされた後、兼人は逃げるようにホテルを出た。無理強いはしないと深山は言ったが、それでもあんな場所に長く二人でいるのは危ないと思ったからだ。

家に着いたらすぐ布団にもぐり込んで眠ってしまおうとしたが、できなかった。目をつぶると、どうしてもホテルでの光景を思い出す。こちらを見る深山の、目元が赤く染まった顔や、乱れた息遣いや、硬い指の感触が、次々蘇って目も閉じていられなかった。

なんとか浅い眠りを繰り返して朝を迎えたものの、翌日の日曜も状況は変わらなかった。テレビを見ていても、掃除機をかけていても、夕飯は何を食べようと考えているときですら、ふっと前夜の情景が頭を掠める。そうなるともう、しばらく他のことが手につかない。

発熱しているときのように頭がぼんやりして、目の周りが熱くなった。

今もコピー機の前で、兼人は額に掌を押しつける。熱があるわけではないと思うが、首から上がやけに熱い。

(なんか……凄く悪いことをしてしまった気がする……)

ホテルで深山としたことを思い出すと、胸の底から決まって立ち上ってくる感情がある。

それは胸のトキメキなどという可愛いものではなく、強烈な背徳感だ。

男同士で、本来するべきではないことをしてしまった。自分の人生で男に奉仕される日が来るとは夢にも思っていなかった。その上、自分は確かに男の愛撫に感じて、あまつさえ達した。

(さすがに同性だと、ツボを心得てるもんだな……)

今になって、場違いに兼人は感心する。

男に触られて達してしまったときはショックだったが、思い返せばそれも致し方ない気がする。何しろ深山には同性の強みというものがある。上手いのも道理だ。

気持ちがよかった、という事実を認めるたびに、背中の産毛を逆撫でされる気分になる。深山の大きな体が自分の脚の間でうずくまる姿を思い出すと、その感覚は強くなった。

男同士で性交めいたことをしてしまったという背徳感に、同じ男に奉仕されたという倒錯的な感情が重なって、兼人は眩暈を起こしそうになる。

きっと自分は、非日常的な出来事に酔っているのだ。美味(うま)いも不味(まず)いもわからないくらいきつい酒のような事態に酩酊して、まだその余韻が抜けきらず頬を火照らせている。

酒の美味い不味いがわからないということは、そのものの一番重要な部分を理解していないということに等しい。深山との関係も同じく、兼人は深山を憎く思っているのかその逆なのか、まるでわからなくなっていた。

(だってあんな顔であんなことされて……ああ、俺、男とあんなことしたのか……)

深山と、ではなく、男と、という部分が今の兼人には重要なのであって、深山に対する感情はいったん保留になっている。

額に手を当てたまま深い溜息をついたら、後ろから声をかけられた。

「主任、まだしばらくかかりそうですか？」

振り返ると、深山と同期の石川がクリアファイルを手に立っていた。

「コピーか？　悪い、まだかかりそうだ」

「じゃあ後でいいですよ、ファックスだけ回収していきますから」

小柄な石川は兼人の顎先くらいしか身長がない。女性社員の中にいてもあまり目立たないくらいだ。童顔気味で、まだ学生のような雰囲気を漂わせているものの、飲食店のアルバイト経験があるせいか目端が利いて気遣いも濃やかだ。

深山と石川が兼人たちの部に所属されると決まったとき、まず多大な期待を寄せられたのは高学歴の深山だったが、即戦力になったのは石川の方だった。

「お前はよく働くなぁ。できた新人だ」

業者から送られてきたファックスを、重要なものと広告とに手早く分けていく石川に何気なく声をかけると、石川はビクッと体を跳ね上がらせた。

「なんすか、主任……なんかまた、面倒な仕事でもやらせようっていうんですか……？」

「またってなんだ。純粋に褒めてやっただけだろ」

「そんなこと言って、前も人のことおだててリードタイム表作らせたじゃないですか！『石川は仕事が早いなぁ』、とかイケメンボイスで言って！　王子みたいな笑顔で『今日中にね』なんてつけ足されたこと、俺はまだ忘れてませんよ！」

「いつの話だよ、それは」

苦笑して、兼人は石川の頭をぐりぐりと撫でる。石川は髪を短く刈っているので、芝を撫でるような感触が気持ちよかった。

「やめてください、毎朝セットしてんですから」

「こんな短い髪で？　うわ、ほんとだ、べたべたする」

「ヘアワックスですよ！　主任みたいなイケメンは無造作ヘアでいいんでしょうけど、俺たちみたいな凡人は毎朝苦労してんですからね」

「イケメン言うな。どうせお前、本気で思ってないだろう」

石川の首に腕を回し、唇の端を上げてその顔を覗き込む。「本気です、イケメン、イケメン」と棒読みで繰り返す石川の首に体重をかけて押し下げてやると、石川が笑いながら兼人の腕をタップしてきた。兼人も笑って石川の首から腕を解き、体を起こしてギョッとする。

いつからそこにいたのか、コピー機の前に深山が立っていた。

「深山、お前もコピー？」

コピー機の上で紙を揃えながら石川が尋ねると、深山は首を横に振った。

「俺は資料を印刷しただけだ」

「そっか。でもまだ主任のが終わりそうもないぞ」

じゃあ、と石川は片手を上げ、ファックスを各人の机に配りにその場を離れてしまった。

兼人は思わず石川の背に手を伸ばすが、それを阻むかのように深山が立ちふさがって、空中で中途半端に指先が揺れた。小柄な石川を相手にしていた直後だけに、自分より身の丈の大きな深山が目の前に立つと圧迫感が凄まじい。おっかなびっくり顔を上げると、深山が眼鏡の向こうから据わった目でこちらを見ていた。

ただでさえホテルでの一件があるだけに深山とはあまり目を合わせないようにしていたのに、こうして対面すると怒濤のごとくあの夜の出来事が蘇る。

「い、印刷した資料なら、後でお前の席まで持っていってやるぞ！」

深山から離れたい一心で口にした言葉は、声が裏返ってまったく格好がつかなかった。動揺を悟られまいと思うのに、深山の視線から逃れようと自然と顔は下を向く。深山の突然の出現に、平常心は木端微塵だ。

深山は黙ってコピー機の排出口に視線を向けると、兼人の印刷物がまだ続々と出てくるのを確かめて小さく頷いた。

「だったら、資料室まで持ってきてもらえますか。資料室の整理に使うんです。先に行ってますから」

「お、おう、任せとけ」

深山が踵を返したことにホッとして頷いてしまったものの、はたと兼人は思い至る。それはもしや、深山と資料室で二人きりになるということではないだろうか。

コピー機に並んだボタンを無意味に指でなぞっていた兼人はハッとして顔を上げたが、深山はすでにフロアを大股で横切って部屋を出ていこうとしている。

大声で呼び止めては周りの者におかしく思われるかもしれない。そう考えると声も出ず、兼人は拳で軽くコピー機の角を叩いた。

それからほどなくしてコピーは終わり、山のような資料を自席に置いてから、兼人は深山の印刷物を手に取った。エクセルの表に日付と数字と自社で扱う機種名が印刷されたそれを見て、本当に資料室の整理に使うんだろうな、と疑いながらも部屋を出る。

資料室には自社製品に関わる資料や経理の資料など、アルミの棚にたくさんのファイルが並んでいる。頻繁に人が足を踏み入れる場所ではなく、室内の電気は消えていることが多い。ドアを開けると、奥から埃臭い淀んだ空気が流れてきた。

「……深山？　いるか？」

部屋の電気はついているので誰かいるには違いないのだが、ざっと見渡したところ人影はない。部屋の奥にいるのだろうか。棚はどれもぎっしりファイルが詰まっているので見通しが悪い。

　密室で深山と二人きりになるのはできるだけ避けたかったが、こうして入り口で二の足を踏んでいても始まらない。それにここは会社だ。いくら深山でもおかしなことはしないだろうと、兼人は室内に身を滑り込ませる。

　背後で扉が閉まると、室内の静けさが際立った。できれば廊下に出るドアは開けておきたいところだが、ストッパーがないとすぐに閉まってしまう代物だ。

「深山、おい……資料持ってきてやったぞ」

　部屋の一番奥にはブラインドの下がった窓がある。部屋の中心を通路にして、左右に並ぶ棚をひとつひとつ確認しながら兼人は窓辺に向かって歩く。どこから深山が出てくるかわからないので、お化け屋敷でも歩く気分だ。

「おい深山、上司に使いっ走りさせるとはなかなかいい度胸だな」

　黙っていると緊張感が高まりそうで無理やり口を開いたら、前方の棚の裏からにゅっと腕が伸びてきた。後ずさりする間もなく腕を掴まれ、棚の裏に引きずり込まれる。よろけたところで、首にのしっと重たい腕が絡みついてきた。

「主任こそ、恋人の前で他の男といちゃつくなんていい度胸ですね」

　先程兼人が石川にしていたように、深山が兼人の首に腕を回して引き寄せてくる。目の前に逞(たくま)しい喉元が迫り、兼人は慌てて靴の踵(かかと)でブレーキをかけた。

「い、いちゃつくとか言うな！　普通だ、あんなもん！」

深山の腕をくぐり抜け、なんとか互いの距離をとった。一瞬だけ鼻先を深山の匂いが掠め、そんなことに動悸が激しくなる自分に戸惑う。

深山の側にいると、どうしたってホテルでの出来事を思い出す。あのときの深山の声や仕草や匂いが芋づる式に蘇り、項をざわりと何かが這い上がる。

深山は大人しく腕を引くと、黙って兼人の顔に視線を注いだ。

今日の深山は伸びた前髪と縁の太い眼鏡に目元を隠され、表情がわかりづらい。その分色気を垂れ流しにする厄介な双眸が見えないのがせめてもの救いか。

濡れ髪にバスローブという無駄にフェロモンをまき散らす深山の姿を忘れようと、兼人は素早く深山の全身に視線を走らせる。

フレームの大きな黒縁の眼鏡に、地味な濃紺のスーツ。ネクタイはみぞおちの辺りを中心に数字の羅列が渦を巻くデザインだ。ランダムな数字がなんなのかわからず中心から目で追ったところ、三・一四で始まるそれは円周率のようだ。相変わらずスタイルのよさを台無しにする風変わりなネクタイをつけている。

（深山だな……これは）

そんなわかりきったことを再認識して少しだけ体の力を抜いたら、深山が軽く身を屈めて兼人の顔を覗き込んできた。

「さっき、石川と随分楽しそうでしたね？」

前髪が揺れて、その向こうで切れ長の目が見え隠れする。せっかくホテルで見た深山の姿を打ち消したところだったのに、またもあのイメージが上書きされそうになって兼人はとっさに深山から目を背けた。

「別に、あのくらいのことは他の奴とも……」

「俺以外の人間とはあまり喋ってほしくないのですが」

「——無茶を言うな」

兼人の声が一気に低くなる。会社で誰とも喋らないなんて仕事にならない。こちとら接客第一の営業だ。

兼人はガリガリと後ろ頭を掻くと、胸の前できつく腕を組んだ。

「一度した約束を破るつもりはないが、ガキのわがままにはつき合いきれんぞ」

兼人は声を低くしたまま言い放つ。ホテルではアルコールが入っていたせいもあってさんざん深山に流されてしまったが、この辺りで少しけじめをつけておくべきだ。

本当なら深山にまともな恋愛経験があると知った時点で約束など無効にしてしまいたかったが、こちらの都合で一度交わした約束をなかったことにすることはできない。有言実行は兼人の信条だ。上司の言動がぶれると、部下の信頼はあっという間に崩れる。それはもう、田古部を見て嫌というほど実感している。

せめて深山の要求がこれ以上エスカレートしないよう釘を刺しておこうと厳しい声を出すと、深山の肩がわずかに下がった。俯くと前髪が揺れて、眉尻が少しだけ下がっているのが見える。

（……反省したか？）

大きな犬が力なく尻尾を垂れているようで、兼人まで一緒に眉を下げてしまった。正論を口にしただけなのに、自分が深山をいじめたようなこの感じはなんだ。

「でも主任、今だけは恋人同士ですよね……？」

ホテルでぐいぐい迫ってきたのが嘘のように、深山はしょげた声で尋ねてくる。強気に突っぱねる気が失せて、兼人は居心地悪く腕を組み直した。

「まあ、一ヶ月限定でな」

「だったら、やきもちやいた恋人にフォローのひとつもしてください。……一ヶ月だけですから」

「お前な……」

調子に乗るな、と言ってやろうとしたが、深山は気落ちした顔で目を伏せてしまってこちらを見ない。自分で言っておいて、一ヶ月だけ、という言葉に傷ついているようだ。

兼人は眉間にざっくりとシワを刻む。焼き鳥屋で隣り合ったときも思ったが、ときどき深山はやけに可愛い年下オーラを出してくる。大きな図体をしているので庇護欲を煽られるほどではないのだが、全力でなつかれているのがわかるだけに無下にできない。不器用に伸ばされる手をぴしゃりと叩き落とすのは簡単だが、その後どれだけ後味の悪い思いをするか想像がついてしまって実行に至れない。

（結局流されてるじゃねぇか……）

喉の奥で低く呻ってから、兼人は胸の前で組んでいた腕を解いた。

「フォローって、たとえばどんな」

渋々ながら譲歩の態度を見せると、深山はためらいがちな沈黙の後、ぽつりと言った。

「……キスがしたいです」

控え目な態度ながら、なかなかハードルの高いことを言ってくれる。聞くんじゃなかった、と兼人は眉間に刻んだシワを深くした。

「……お前、ここがどこだかわかってんのか」

「人気のない資料室です」

「会社だ、馬鹿者」

やはり調子に乗せるのはよくないときっぱり深山の要求を撥ねつけようとしたとき、ふいに首筋を何かが掠めた。

糸くずでもまとわりついたかと首の後ろに手を回したら、指先にも何かが触れた。細く軽いものだ。それが指の上で微かに蠢き、兼人は鋭く息を呑む。

考えるより先に体が動いて、その場から離れようと前に足を踏み出していた。だが目の前には深山がいる。深山の胸に体当たりする格好になったが、兼人は構わず深山の胸に半身を押しつけ、勢いよく背後を振り返った。

視線の先、先程まで兼人が立っていた場所で、蜘蛛が糸を垂らして宙に揺れていた。茶色がかった、親指の爪ほどの小さな蜘蛛だ。

あれが首筋に触れたと悟るや、兼人の背中がぐぅっとしなる。恐らくこの場にひとりならば絶叫して部屋の外に飛び出していただろう。深山の視線を感じてなんとか堪えたが、蜘蛛から離れたいばかりに深山の胸にグイグイと体を押しつける格好になった。

「し……主任？　どうしました？」

端から見たらいきなり深山の胸に飛び込んできたとしか思えない兼人の行動に、さすがの深山もうろたえた声を出す。兼人は宙にぶら下がる蜘蛛に視線を定めたままぶんぶんと首を左右に振った。声も出ない。

何を隠そう、兼人は虫が苦手だ。特に節足系が駄目で、テントウムシすら生理的に受けつけない。

学生の頃はこれでかなりからかわれた。大学生のときも、研究室の合宿先で足元に飛んできたバッタに絶叫し、卒業するまで笑い話のネタにされたものだ。

せめて社会人になってからは他人にこの弱点を知られまいと、入社以来ひた隠しにしてきた。深山にだって知られるわけにはいかないと、兼人は無理やり蜘蛛から視線を引き剥がし、深山の体を押して壁際まで追い詰める。蜘蛛に背中を向けるのは相当に勇気のいることだったが、近くにいるのはもっと嫌だ。自分の意思とは関係なく、救いを求めて深山の胴に両腕が絡む。

突然抱きついてきた兼人を見下ろして目を白黒させる深山に向かって、兼人は裏返った声を上げた。

「ど、どうした！　早くしろ！　しないのか！」

「い、いいんですか、本当に……」

深山の頬が赤くなり、ああ、と兼人は胸の中で嘆息する。

（なんか妙な期待させてるな……！　別に急にその気になったわけじゃないんだが……すまん、一刻も早くこの場を立ち去りたい……！）

何しろ後ろには蜘蛛がいる。しかもそれが首筋を掠めた。首に手を当てたとき指先を何かが這う感触がしたのは、蜘蛛の脚に触れたからかもしれない。

考えるだけで背中に鳥肌が立つ。今も蜘蛛に背を向けている状態が辛い。こうして見ていない間に、また自分の方に近づいてきたらと思うと気が気でなかった。

「し……しないのか、早く……ひっ！」

目の端で何かが動いた気がして、兼人は深山の胴に回した腕に力を込めて胸に顔を押しつけた。悲鳴を押し殺そうと深山の胸で口をふさいだつもりだったのだが、深山にそれがわかるわけもない。

深山の体が硬直する。その上、直接頬で触れる胸から尋常でない速さの鼓動が伝わってきて、兼人まで一緒に身を硬くしてしまった。

好きだの抱きたいだの言われてわかっていたつもりだったが、偽りようのない速い鼓動を感じ、本当に深山に想われているのだと再確認してしまった。

さすがに胴に回した腕はほどこうとしたら、それまで微動だにしなかった深山にいきなり抱き竦められた。しかも深山はそのままぐるりと体を反転させて、兼人の踵が宙に浮く。遠心力に体が持っていかれそうになって思わず深山の胴を抱く腕に力がこもった。視界が回る。目を瞬かせたときにはもう、先程までとは深山との立ち位置が逆転していた。

背中を壁に押しつけられた体勢で、兼人は深山の肩越しに素早く視線を走らせる。蜘蛛はまだ先程と同じ場所にいるようだ。視界に収めたくもないのだが、居場所がわかった方が安心する。

ホッとしたところで深山に顎を摑まれ上向かされて、視界一杯に深山の顔が映り込んだ。

（う……わ……っ）

兼人は軽く目を瞠る。深山は目元を赤くして、食い入るように兼人を見ていた。眉間にも浅くシワが寄り、表情にまるで余裕がない。

欲しい、欲しい、と目で訴えられ、許したのはキスだけだと慌てて言い添えようとした口をふさがれた。

「ん……っ、ぅ……」

開きかけていた唇に深山の舌が押し入ってくる。そうしながら深山が兼人の背中をかき抱いてきて、息も止まるほどの力にまたしても兼人の背筋が震えた。

女性が細い指ですがりついてくるのとは違う、骨が軋むほどの腕力で抱きしめられ、相手は男なのだと意識する。上からのキスも変な感じだ。押し入った舌が遠慮なく口内をかき回して、息苦しさに頭の芯がぼうっと霞んだ。

「……っるし……苦しい……っ！」

唇の隙間で押し殺した声を上げると、わずかに深山の唇が離れた。至近距離で見上げた深山の眼鏡は曇っている。キスの途中で兼人の肌に当たって汚れたのだろう。もう一度唇を寄せてきた深山の眼鏡がカシャリと小さな音を立て、深山は煩わしそうに片手で眼鏡をむしり取った。

眼鏡が床に投げ捨てられる。兼人は眼鏡をかけたことがないのでわからないが、あれはそんなに乱暴に扱っていいものなのだろうか。床の上で跳ね返った眼鏡を目で追っていたら、深山に軽く唇を噛まれた。

視線を戻すと、前髪の隙間から深山がこちらを見ていた。ガラスで隔てられていない視線は鋭い。他のものなど見るなと要求されているようで目を逸らせなくなる。

さっきまで可愛気のある年下の顔をしていたと思ったら、あっという間に獣の顔になった。

(くっそ……深山のくせに……)

再び唇を押しつけられ、兼人は胸の内で悪態をつく。

年下で、新人で、営業のイロハもわかっていないくせに、一人前に男の顔をするとは生意気だ。懲りもせず唇を割って入ってきた舌を軽く噛んでやると、舌の動きが一瞬止まった。

そのまま大人しく舌を引いたので、ようやく気が済んだかと思ったら今度は唇に音を立ててキスをされる。

「おま……っ、まだ……」

いつまで続ける気だと言ってやりたかったが、繰り返し唇を押し当てられて言葉にならない。その上、ちゅ、ちゅっ、といちいち音を立てるキスにやたらと羞恥心を煽られる。

(なんだこれ、新婚さんでもあるまいし……無理やり舌突っ込まれた方がまだマシだったんじゃないか……!? いや、男同士でディープキスってのもないが……!)

ちゅ、とまたひとつキスを落とされ、混乱した兼人は深山の下唇にがぶりと噛みついた。

さすがに驚いたのか目を丸くして身を引いた深山は、片手で自身の唇に触れ、それからなぜか、照れ臭そうな笑みをこぼした。

「えっ……!　そこ照れるとこ……!?」

ない。

「だって主任が噛んでくるので」

「ば……っ、戯れたんじゃない！　抗議したんだ！」

獣の顔がまた可愛気のある顔に戻った。クルクルと変わる深山の表情についていけない。

何よりも、自分とキスをしているだけでこんなにも嬉しそうに笑う深山に目が泳ぐ。

本当にこいつは俺のことが好きなんだなと、何度でも実感させられる。深山はそれを隠さない。

蕩けた顔で笑う深山を見ていられず、深山のネクタイに書かれた円周率をぐるぐると目で追っていたら、再び深山に両腕で抱きしめられた。こつりと互いの額がぶつかって、つき合いたてのカップルのような体勢に動揺する。

「だったら最後に、一回だけ……」

「いやもう十分だろ……」

「舌入れませんから。本当に一回だけです」

駄目だ、と言ったら深山は大人しく腕を解いてくれるだろうか。どうせ頷くまで放してくれないのだろうと思えば抵抗するだけ虚（むな）しく、蜘蛛のいる部屋からも早く出たくて、兼人は諦めの溜息をついた。

「……一回だけだぞ」

深山が目元をほころばせる。三十路のオッサンにキスをするのがそんなに嬉しいかと訊（き）いてやりたかったが、深山のことだから真顔で肯定してきそうだ。埒もないことを考えているうちに深山の顔が近づいて、唇に柔らかなキスが落とされる。

言葉通り深山は舌を押し込んでくるようなことはしなかったが、角度を変えたり、唇をすり寄せたりしてなかなか離れようとしない。

あまりに長いので薄目を開けて様子を窺うと、少し遅れて深山も目を開けた。兼人はとっさに目を閉じたが、一瞬見てしまった瞳はしっかりと脳裏に焼きつく。

離れがたい。もう少しこのまま。まだ離したくない。

そんな感情が深山の瞳にはまざまざと浮かんでいた。

(だから……なんで俺なんだよ……っ)

深山は女性とつき合った経験があり、見た目だって決して悪くない。眼鏡と髪型さえ変えれば、普段女性陣に黄色い声を上げられている兼人より見栄えがするかもしれない。それなのに、どうして自分相手にこんなに必死になるのかわからなかった。

唇にかかる圧が少し減って、このまま離れるのかと思ったら名残惜しそうに唇の表面を吸い上げられた。

なんだか深山ではないようだ。兼人が知っている深山は、田古部に理不尽に怒鳴りつけられても大人しくそれを拝聴して、腐るでもなく激怒するでもなく黙々と仕事に戻っていく人物で、何事に対しても淡白で執着心も薄そうだと思っていたのだが。

唇が離れる。目を開けると、目の前に切な気に眉根を寄せた深山がいた。

深山の頬はうっすらと赤い。離れたくない、まだ触れていたいと目顔で訴えられ、心臓がリズムを崩した。

兼人の胸に初めて、こんなことを『男としている』のではなく、『深山としている』という意識が芽生え、その比重が見る間に反転した。

(俺は……深山と何してんだ……?)

深山の手が伸びてきて兼人の頬を包む。宣言通りもうキスをするつもりはなさそうだが、深山は片腕で兼人の腰を抱いたまま、愛おし気に兼人の頬を撫でて額を寄せてきた。

好きで好きで仕方がないとでも言いた気なその仕草に、兼人の頬がカッと熱くなった。

「も……っ、もういいだろう! 終わりだ!」

深山が伏せていた目を上げる。その目を見返すまいと、兼人は深山のネクタイを凝視した。渦を巻く円周率を無心で読み上げる。

深山は最後にそろりと兼人の顎先を指で辿ると、ようやく兼人を解放した。しばらくは兼人の様子を見詰めていたようだが、兼人が顔を伏せたまま動かないことを見てとったのか、床に落ちた眼鏡を静かに拾い上げて通路へ向かう。

深山の気配が遠ざかり、兼人は壁に背中を押しつけてホッと息をついた。濃厚なキスをしたわけでもないのに、互いの唇を重ねている時間だけは長かったせいか、緊張で強張った体はぎこちなくしか動かない。

しばらく壁に凭れて息を整えていた兼人は、蜘蛛のことを思い出してガバッと顔を上げた。だが視線の先には、蜘蛛はおろか深山の姿すらない。

兼人は用心深く辺りを見回し、蜘蛛がいないことを確認してから棚の前を通り過ぎる。部屋の中心を通路にして左右に並んだ棚から顔を覗かせると、窓辺に立った深山がブラインドを上げ、細く窓を開けたところだった。

「何してんだ、寒いだろ」

「……少し、換気をした方がいいかと思いまして」

肩越しに振り返った深山はそう言って笑ったが、換気にしてはほんの数センチしか窓を開けず、その上すぐに閉めてしまった。

「あ、あと、お前の印刷した資料、これな」

深山に印刷物を渡そうとして窓辺に近づいた兼人は、ガラスの向こうを黒いものが過ったのに気づいて足を止めた。茶色い蜘蛛だ。幸い窓の向こうにいるらしいが、昆虫の腹など見るに堪えない。後ずさりしそうになったところで深山がブラインドを下げた。

「すみません、わざわざありがとうございます」

蜘蛛が見えなくなり、安堵の息を吐いた兼人が差し出した紙はぐしゃぐしゃだった。蜘蛛の恐怖に耐え、深山のキスに翻弄されるうちに握りしめていたらしい。動揺のほどを目の当たりにして気恥ずかしかったが、兼人は黙って深山にシワの寄った紙を押しつける。

「あ、主任……今週ですけど」

踵を返して立ち去ろうとすると、控え目な声で深山に呼び止められた。

「土曜日、またデートに誘ってもいいですか？」

週明け早々週末の予定をとりつけられ、兼人は眉を互い違いにする。まさかこの調子で一ヶ月間毎週デートをするつもりか。

「……また妙なことしないだろうな？」

「しません。先週だって食事が終わったらそのまま帰るつもりでした」

深山が困ったような顔で笑う。言われてみればあの後ホテルに行くよう仕向けたのは兼人だ。酔っていたとはいえ馬鹿なことをしたと今更気恥ずかしくなって、兼人は深山に背を向けた。

「わかった、空けとく。せいぜい俺の喜びそうな場所でもリサーチしとけ」

「じゃあ、またメールで連絡しますね」

わざと不遜（ふそん）な言い方をしてやったのに、深山は嬉しそうに語尾を跳ね上げる。

出口に向かい大股で歩きながら、断ってやればよかった、と兼人は顔を顰（しか）めた。恋人のふりをすることは了解したが、無条件で毎週デートをするとまでは言っていない。予定があると突っぱねてもよかったはずなのに。

（……一刻も早く蜘蛛がいるこの部屋から出たかったんだから、仕方ない）

言い訳めいた言葉を口の中で呟いて、兼人は素早く周囲に視線を配った。室内に一匹、窓の外にも一匹蜘蛛がいるなんて、資料屋には蜘蛛の餌になるような虫でもいるのかと思ったら、さわさわと背中から怖気が這い上がってくる。

そそくさと部屋から出ていく兼人は、だから天井からぶら下がっていた茶色い蜘蛛と、窓の向こうにいた蜘蛛が同じ蜘蛛だったかもしれないなんて、思いつきもしないのだった。

もしかしたら金曜日に急な出張が入るとか、客先でトラブルが起きて休日出勤になるとか、些細な理由で週末デートはキャンセルできるかもしれないと思ったが、現実は何事もなく週末を迎え、兼人は見慣れぬ駅の改札前に立っていた。

今日はここが待ち合わせ場所だ。週の中頃にメールで時間と場所だけ送られてきて、この後どこに行くか知らされていないのは前回と一緒だ。一点違うのは、今回は昼の待ち合わせということだろうか。

（遊園地に行きましょう、とか言い出さないだろうな……）

また人ごみの中で深山と強制的に体を押しつけ合うのはごめんだ。しかし万が一を考え、野外でも寒さに耐えられるよう今回はタートルネックのセーターにマフラーを巻いてきた。

マフラーに顔を埋めて深山を待っていると、ほどなくして改札前に深山がやってきた。深山は前回着てきたのと同じスタンドカラーのアウターにジーンズという軽装で、兼人に気づくと慌てて走り寄ってきた。

「すみません、またお待たせしてしまって……」

「いい、俺が早く来すぎただけだ」

腕時計を見るが、まだ待ち合わせの五分前だ。

「五分前行動はばっちりだな」

「それは、主任に教えてもらったことですから」

忘れるわけがないとでも言いた気に深山は目尻を下げる。言葉の端々から兼人を慕う深山の想いは溢れていて、指導は仕事の一環だ、と兼人はわざとぶっきらぼうに言い返した。

「それじゃあ、出口こっちですから」

深山は目元に浮かんだ笑みもそのままに兼人の前を歩き出す。会社ではほとんど表情が変わらないだけに、浮かれているのがわかって見ている方が恥ずかしい。

階段を上って外に出ると、冬の乾いた風が頬を打った。とっさに首を竦めると、前を行く深山がちらりとこちらに視線をよこした。

「主任、今日は随分重装備ですね。いつもはマフラーなんて巻かないのに……」

「どこに行くかわからなかったんだから仕方ないだろう」

「もこもこしてて可愛いですよ」

兼人は何か言うつもりで口を開けたが、とっさに声が出なかった。

常日頃、格好いいだのイケメンだの言われることには慣れているが、可愛いなんて言われたのは初めてだ。しかも男から。

「……お前の目はどうなってるんだ」

「眼鏡をかければ日常生活に支障はない程度に矯正されてますが……？」

そうじゃない、と突っ込むのも面倒になって兼人は別の言葉を口にする。開幕早々体力を使っては身が持たない。

「で、今日はどこに行くんだ」

「俺の部屋です」

さらりと返ってきた答えに頷きかけて、兼人の首がぎしっと軋む。

（えっ、こいつの部屋……？）

それはつまり、密室で二人きりになるということか。ラブホテルと同等にまずい場所なのではないかと思ったが、振り返った深山は疾しいところなど何ひとつない顔で笑う。

「人ごみも、外に出るのも好きじゃないと聞いたので、家の方がいいかと思いまして」

「そ……っ、そうか……」

前回の兼人の言葉を覚えていたらしいが、兼人にとっては墓穴を掘ったとしか思えない。

ここは全力で拒否するべきか、それとも深山の良心を信じるか、迷っているうちに深山の住むアパートまでやってきてしまった。

二階建てのアパートは各階に三つドアが並んでいる。深山の部屋は二階の角部屋だ。

「え、駅から近い、いいところだな……」

「はい、学生のときからここに住んでるんです。コンビニも近いし便利ですよ」

思った以上に駅から近く、逃げるか否か結論を出す暇がなかった。ここまで来たらもう断れないと、覚悟を決めてアパートの外階段を上る。

深山が先に中へ入って、兼人もおっかなびっくり室内に足を踏み入れる。途端に食欲をそそる匂いが鼻先を掠め、不覚にも緊張が緩んだ。

深山の部屋はよくある間取りの1Kだった。玄関を入ると真っ直ぐに廊下が伸び、右手がキッチン、左手に二つ並んだ扉は風呂とトイレか。その奥が居間兼寝室だろう。

キッチンのコンロには大きな鍋（なべ）が置かれている。室内に漂う匂いの元はそれらしい。

「主任、もうお昼食べましたか？　もしまだだったら、ポトフを作ってみたので食べてもらおうと思ったのですが……」

「え、お前自炊すんの？」

靴を脱ぎながら尋ねると、深山は「少しだけ」と肩を竦めた。

まだ昼食をとっていなかった兼人は、ありがたく深山の提案を受け入れる。準備をするので先に奥に入ってほしいと言われ、隣室に続く扉に手をかけた。

扉を開けるや、左手の壁際に置かれたベッドが目に飛び込んできてぎくりとしたが、下手に意識すまいと自身に言い聞かせ室内に視線を巡らせる。

正面の壁際に、小さな机と椅子が置かれていた。机の上にどっさりと本が積み重なっているのが学生時代の名残を感じさせる。ベッドとは反対側の壁にテレビが置かれていて、その前にローテーブルと座椅子が二つある。

しかし何より兼人の目を引いたのは、部屋に入ってすぐ左手にある本棚だった。

ベッドの足元に置かれた本棚は背の高いスライド式で、中にびっしりと本が詰まっている。どれも専門書のようだ。なんとか定理だのなんとか解析だのといったタイトルが多いので、恐らく数学関連のものだろう。

よくよく見れば机に積み上げられた本も数学に関係したもののようだ。そういえば、深山は数学科を卒業していたのだったか。

(だからネクタイの柄もおかしなのが多かったんだった……)

深山が入社する直前も、今年は凄い理系が来るらしいと噂になったものだ。だが、会社の業務で小難しい定理や公式を使う機会などなく、最近は深山が理系だということすら忘れがちだった。

本棚の専門書を目で辿っていると、深山がポトフの入った皿を手に部屋に入ってきた。

「どうぞ、座ってください。コートも預かりますよ」

深山に促され、コートやマフラーを脱いでテレビの正面に置かれた座椅子に腰を下ろす。床に手をつくと掌に何かが触れた。手を返してみると、小さな字でびっしりと数式が書かれた付箋(ふせん)が貼りついている。

「あ、それ……探してたんです」

テーブルに皿を並べていた深山が、慌てた様子で兼人から付箋を受け取った。ふと見ると、本を積み上げた机の脚にも付箋がぺたぺたと貼りつけられ、ベッドの枕元にまで付箋が置かれている。思いついたときすぐ書き止めているのだろう。

「なんか勉強でもしてんのか？」

一通り食事の準備を終えた深山が斜め向かいに座るのを待って尋ねると、深山は返す言葉に迷った様子で口ごもった。

「勉強というか……趣味です」

数学が？　と訊き返そうとして、深山が入社した当初も同じことを言われたと思った。そのことを口にするより先に、深山が兼人の前にパンの載った皿を押し出してくる。

「これ、近所のパン屋で買ったんです。まだ温かいので食べてみてください」

「お、美味そう」

「それから、食事が終わったら映画でも観(み)ませんか？　ＤＶＤ借りてきました」

深山がテレビの前に置かれていた青いケースをかざす。中から出てきたのは兼人も知らないタイトルだ。

「アクションものです。主任、映画はそういうのがお好きでしょう?」

その通りだが、兼人はすぐに頷けない。休日はよく映画を観ていることも、アクションものが好きなことも、深山には教えた記憶がなかった。

腑に落ちない顔をする兼人に気づいたのか、深山は唇に微かな笑みを浮かべた。

「今回は、きちんとリサーチしておきました」

これもまた、前回兼人が口にした言葉を律儀に実行した結果らしい。

素直なのはいいことだ。兼人は一言、「でかした」と深山を褒める。それしきのことで深山はひどく嬉しそうに笑い、見ている方が首筋をくすぐられた気分になった。

午後の陽光が差し込む部屋で、他愛のない話をしながら食べるポトフは美味かった。長い時間煮込んでいたのか野菜は柔らかく、ベーコンの旨味が染み込んでいる。外を歩いて冷えていた体が、腹の底からゆっくりと温まった。パンは兼人の好きな全粒粉で、さほど気にもとめず上機嫌で頬張っていたら、食後に紅茶が出てきた。

事ここに及び、兼人は思わず深山の顔を窺う。兼人はどちらかというとコーヒーよりも紅茶の方が好きだ。食後の一杯は紅茶を選ぶことが多い。しかしこれも、深山に教えた覚えはない。こうなると、全粒粉のパンが出てきたのも偶然かどうか疑わしくなる。思えば兼人が休日に映画を観ているという話も誰から聞いたのだろう。

深山は兼人の視線には気づかず、テーブルを片づけるとＤＶＤをデッキに入れた。始まったのは開始早々車が爆発するような派手な洋画で、兼人もひとまず座椅子に座り直す。

「……お前こういう映画よく観るのか？」

見たところ、会話よりも銃撃戦が多そうな映画だ。物静かな深山が好んで観るとは思えない。案の定、深山は口ごもって眼鏡のブリッジを押し上げた。

「俺は、映画自体あまり観ないので……映画好きの友人に隠れた名作を教えてもらいました。これなら主任も観たことがないいんじゃないかと思いまして……」

ふぅん、と気のない返事をしたものの、心臓が軽く跳ねた事実は兼人の中で確実に残る。わざわざそこまでしたのかと思ったら、くすぐったいような気恥ずかしいような、尻の据わりが悪くなった。

（もともとこいつ、えらく気を遣うタイプなのか……？）

ホテルでは以前彼女がいたようなことも言っていた。好きになった相手には尽くすのかもしれない。よく考えてみれば、ひとり暮らしなのに座椅子が二つあるのも彼女がいた名残なのではないか。

（……いつ頃まで彼女がいたんだろうな）

その相手は、当然この部屋にも来たのだろう。もしかすると今兼人が座っている座椅子に腰を下ろし、こうして深山とテレビを見たこともあったかもしれない。

そんなことを考えている自分に気づき、兼人は慌ててテレビ画面に意識を戻した。これではまるで、彼氏の前の恋人を気にする彼女のようだ。

（何考えてんだか……）

座椅子に凭れると、ギッと鈍い音がした。物語はトラクターの炎上に巻き込まれた主人公が傷を負い、恋人の家に転がり込んで手当てをしてもらうシーンに移る。

すると、それまで怒号と銃声と爆風一偏だった画面に、急に靄がかかったようになった。

ブロンドの女性が、髭面の主人公の汚れた服を脱がせ、傷口を消毒して、まっさらな包帯を巻く。ただそれだけのシーンなのだが、女性はぴったりしたTシャツに短パンという露出度の高い格好で、下着もつけていないのか胸が透けている。その上主人公の肌に指を滑らせる手つきがやけに官能的だ。バックではムーディーな音楽が流れ、痛みに呻く主人公の声は明らかに性交を連想させるもので、女性がつく溜息もやたらとなまめかしい。

（なんだこの、イメージ映像みたいなエロいシーン……！）

もっと直球にベッドシーンが始まれば軽く流し見て終わりだったのに、じわじわと色気を含み始めた画面につい目が釘づけになってしまった。

女性の息が荒くなる。主人公の逞しい体に力一杯包帯を巻くためだとわかっていても、画面はほとんど肌色なので違うシーンを想像してしまう。

いつの間にか深山と交わしていた会話も途切れ、お互いいたたまれない気分になっているのがわかる。「新手の官能シーンだな！」と敢えて明るい口調で言ってやろうかと深山の様子を窺うと、ほぼ同じタイミングで深山もこちらを見た。

深山は兼人と目が合うなり小さく体を震わせ、サッと兼人から顔を背けた。顔はテレビの方を向いているが、緊張した横顔はこちらを意識しているのが明らかだ。そんな顔をされたら兼人ももう笑い飛ばせない。気恥ずかしくなって、ぎくしゃくとテレビに視線を戻した。

（……なんだこれ、中学生の初デートでもあるまいし）

高校の頃つき合っていた女子大生の家に初めて上げられたときも、こんな気分にはならなかった。兼人はガチガチに緊張していたが女子大生は手慣れたもので、深山のように初心な反応はしてくれなかった。

こんなふうに、目の端でこちらの様子を盗み見てくるような、手を触れるタイミングを窺って息を詰めているような、甘苦しい雰囲気にはならなかったのに。

（――……っ、誰だよ、こんな映画チョイスしたの！）

兼人は無表情を装ってテレビに視線を注ぐ。目の端で深山がこちらを見ているような気がしたが、決してそちらには目を向けずに。

画面の中ではブロンドの女性が髪を結い上げて主人公に包帯を巻き直しており、斬新な官能シーンはまだもうしばらく続くようだった。

映画が終わる頃には、窓の外はすっかり暗くなっていた。

一瞬妙な雰囲気になったものの話の大筋は面白く、三時間近い長編だったが長さもさほど気にならない名作だった。エンディングを迎える頃には兼人もすっかり機嫌をよくして、深山に大きな拍手を送る。

「これは面白かった！　お前の友達いいセンスしてるな」

開始早々深山の友人を罵倒したことなど忘れて賞賛を送ると、深山は自分のことのように嬉しそうに頷いた。

「あともう一本用意してありますから、それはお酒でも飲みながら観ませんか？」

「へえ、そっちはどういう？」

「詳しくは聞いていないんですが、笑えるパニック映画だって言ってましたよ」

それはいい、と兼人は満面の笑みを浮かべる。コメディならお色気シーンも下品で笑い飛ばせるものに違いない。時間もまだ夕暮れどきで、この後軽く飲んでから二時間ほどの映画を観ても、さほど遅くはならないはずだ。

「ちょっと早いんですけど、昼食を軽めにしておいたのでつまみくらい食べられますか？」

「パンとスープだったから余裕でいける。……つまみまで用意してあるのか？」

「冷凍食品と惣菜です」

そんなことを言いつつも、深山はきちんと総菜を皿に盛りつけて出してくれた。小さなピザは冷凍品をレンジにかけたものらしい。テーブルの上がいっぺんに華やかになって、凄いな、と兼人は感嘆の声を上げた。

「凄くはないですよ、何も自分で作ってませんから」

「いや、ここまで用意されてるとは思ってなかった」

兼人は素直に感心する。深山と同年代の自分に彼女がいたとして、これと同じようなもてなしができただろうか。せいぜい酒でも用意してピザを注文するのが関の山だ。

（……意外と悪くない）

冷蔵庫から出されたばかりの缶ビールを飲みながら、兼人は正直な感想を漏らした。思ったよりも深山は気が利くし、無理やり迫ってくることもない。

「こんなによく気が利くようなら、そろそろ俺が担当してる客先の引き継ぎでもしてやらないと駄目だな」

半分本気で言ったのだが、深山は冗談ととったらしい。まだ早いです、と肩を竦めて笑って、缶ビールの底を揺らしながら呟いた。

「それに、相手が主任でなければここまで気は遣いません」

「さすがに上司相手には気を遣うもんか」

「好きな人には、の間違いですね」

さらりと笑顔で訂正された。

うっかり缶を傾けすぎて、口からビールが溢れかけた。できるだけ不穏な雰囲気は作らないように、兼人は「おう」と短く答えただけで深山の発言に深入りしない。深山も大したことを言った自覚はないのか、普段の顔でピザなど食べている。

（あ……なんだ？　俺が意識しすぎてるだけか？　もうあんなホテルみたいなことにはならないのか……？）

身の振り方がわからず黙々とビールを飲んでいたら、あっという間に一本目が空いた。深山はすぐに立ち上がり、冷蔵庫から新しい酒を持ってくる。てっきりビールかと思ったら、現れたのはウィスキーの壜だ。

「あれっ、それ……俺が好きな奴！」

家に常備している酒が出てきて、思わず腰を浮かせた。その上深山はもう一方の手にチョコレートを持っている。しずくのような形をしたそれは、兼人が家で飲むとき必ず酒と一緒に用意するものだ。

（えっ、なんで⁉）

一瞬、ストーカーという言葉が頭を過った。うろたえて酒と深山を交互に指差すと、深山は察した顔で苦笑する。

「石川に聞きました。主任、家で飲むときはこのウィスキーですよね？」

「お……おう、でも、チョコは……」

「それは野村さんに聞きました。バレンタインで皆にチョコを配ったとき、主任がチョコは酒のつまみだって言っていたって」

そういえばそんなこともあったかと、兼人は平常心をかき集める。だが、深山は普段あまり他の社員と話をしない。一体いつそんな話題になったのか訝しく思っていると、深山はウイスキーの蓋を開けながら少し照れ臭そうに目を伏せた。

「今回は、きちんとリサーチしました。石川とか、他の同期にも主任の好きなものを聞いて回って……」

「……聞いて回ったのか、俺のことを」

またおかしなことになっているぞ、と内心げっそりする。

普段あまり喋らない深山に話しかけられたと思ったらなぜか上司の好みを問い質され、周りの人間は一体何を思ったことだろう。こちらに事情を訊かれたらなんと説明すればいいのか今から悩んでいたら、深山が氷の入ったコップを差し出してきた。

「ロックでよかったですか？　水も用意してますけど」

「あ……いや、ロックで……」

頷いた深山がコップにウィスキーを注ぐ。その横顔を見詰め、兼人は喉元まで浮き上がってきた言葉を口の中で押し潰した。

（……なんでそんなに、俺のこと……？）

訊けばきっとまた妙な雰囲気になる。だから面と向かっては尋ねられない。それでも疑問は、水底から上がる気泡のように次々浮き上がって兼人の喉元でわだかまる。

兼人の好きな映画、好きな酒、好きなつまみ。人づてに聞いたそれらをひとつひとつ準備して、部屋を整え、寒い中やってくるだろう兼人を温かなスープで迎えてくれて。

全力で向けられる好意に兼人は慣れない。初めてつき合った女子大生は、逆に自分に対して好意を示すよう強要し、完全に弄ばれて終わった。二人目は兼人を遊び人と勘違いして、記念のように一夜を過ごしただけで終わった。好意を示す暇もなかった。

そして三人目は。

（……最初から、きっと俺のことなんて本気じゃなかった）

湿っぽい記憶が蘇ってしまい、兼人はコップの底に薄くつがれたウィスキーを一息で呷る。深山はごく自然な動作で兼人のコップに酒を足し、ＤＶＤのリモコンを手に取った。

「そろそろもう一本の映画も観てみましょうか」

「そうだな。笑えるパニック映画だろ？」

じめじめした心境を吹き飛ばすにはぴったりだ。兼人は気を取り直してチョコレートを口に放り込む。

映画の冒頭は、高校生らしい学生たちが楽し気な学校生活を送るところから始まった。これまた洋画で、学生にしては豊満な肉体の女子生徒と、主人公らしき男子生徒が週末のデートの約束をしている。

先程の映画のような妖艶さとは縁遠いからっとした空気に気が緩み、兼人は深く考えもせず思いついた言葉を口にした。

「深山も学生時代は彼女とかいたのか?」

「いましたね。最近まで」

ビール片手に答えた深山の声は淡々としている。へぇ、と返して口の中で溶けたチョコを飲み込んだ兼人は、甘ったるいそれが喉に絡んだようになって激しくむせた。

「えっ! 最近?」

「はい、卒業する直前に別れたので……あ、最近というほどでもないですね」

「いや、今年の話だろ? 最近だよ! 当然相手は女の子だよな?」

映画などそっちのけで問い質すと、深山はあっさりとそれを肯定した。

そんな最近まで彼女がいたのにどうして自分……! とまたぞろ同じ疑念が頭を駆け巡ったが、うかつに口にするのは思いとどまり別の質問に切り替える。

「ちなみに、なんで別れたんだ……?」

映画の中では若いカップルがバーガーショップでポテトを食べさせ合っている。笑いながら、楽しそうに。深山はそれを横目で見て、指の先で前髪を横に払った。

「……同じ大学に通っていた同級生だったのですが、就職先のことで少し喧嘩をして」

「一緒の会社に勤めようとしてたけどお前だけ就職試験落ちたのか……？」

うっかり深刻な顔で失礼なことを言ってしまった。だが深山の学歴だと、どう考えても兼人の勤める会社はレベルが低い。人事の人間も、うちに来てくれるのはありがたいが、もっと大手を狙えたのではと首をひねっていた。

深山は兼人のセリフに怒るでもなく、むしろ口元に苦笑めいたものを浮かべた。

「俺の第一志望は最初から今の会社です。下宿先から近いし、福利厚生もしっかりしてましたから。でも、彼女は俺が研究者になるか技術職に就くと思っていたみたいで……主席のくせにもったいないって、よく責められました」

「……お前、あの大学で主席だったんだ」

ならば彼女の気持ちもわかる。健康機器メーカーの営業ではなく、もっと専門知識を生かした仕事が選び放題だったのではないか。

兼人が目を丸くしていると、珍しく深山の方から視線を逸らした。深山はテーブルの上に置かれたチョコを手に取り、銀色の包装紙をゆっくりと剝がす。

「俺はただ、数学が好きで……だから、好きなことを仕事にしたくなかったんです。趣味を仕事にしてしまったら、純粋にそれを楽しむことができなくなってしまう気がして。それに、研究だったら大学に残らなくても、ひとりでだってできますから」

薄い包装紙を破らず器用に剝がしていく深山の手つきを見守って、兼人はわずかに頷く。

深山の言う通り、数学なら大掛かりな機材が必要なわけでもなく、ひとりで研究していくことが可能なのかもしれない。だが、彼女の落胆もわからなくはなかった。

「結局俺が就職先を変えなかったので、卒業前に彼女から別れ話を切り出されました」

深山はそれきり言葉を切って、口の中にチョコを放り込む。兼人も酒を口に含み、コクリと喉を上下させた。

「……まだ好きなのか?」

もごもごと口を動かしていた深山の動きが止まって、驚いたような顔で見詰め返された。

今の発言こそ前の恋人を気にする彼女のようだと気づいた兼人は、慌ててコップに残っていた酒を一息で飲み干す。

「バッカお前、まだその子に未練があるなら元の道に戻れるかもしれないって親心だろ!」

思った以上にコップに残っていた酒は多く、一瞬で首筋が赤くなって自分でも意味がわからない言葉が口から飛び出した。

深山は兼人の言葉を額面通りに受け取ったらしく、考え込む表情でテーブルに置かれていたウィスキーの壜を手に取った。

「……どうでしょう。つき合っていたときは好きだと思っていました。話も合うし、二人でレポートをまとめたり、課題をこなしたりするのも楽しかったです」

テレビの中から若い男女の笑い声が響いてくる。横目で見た画面の中では二人が別れを惜しんでいるようだ。軽いハグ、掠めるようなキス、見詰め合って、深く唇が絡まる。

深山もこんなふうに、彼女と笑って、抱き合って、キスをしたのだろうか。今年の春まで学生だった深山の姿が上手く想像できない。

「大学で同じ研究室に進んで、同じ勉強をして、同じように数学に携わっていると思ったのに、考え方はまったく違ったんだな、と思い知ったのは、少しショックでした。俺はただ、自分の一番やりたい勉強ができるからあの大学へ行って、数学が楽しくて夢中になっているうちに最終的に首席になって……それはまったく、就職とは関係のないことだったんですが」

空になった兼人のコップに、深山が琥珀(こはく)色の液体を注ぐ。大きな氷が、からん、とガラスにぶつかり斜めに滑った。

「彼女にとって、学歴と成績は就職のためのものでした。数学は趣味で続けると言ったら、それじゃあ遊んでいるのと変わらないと叱られて……最初から、俺は数字で遊んでいるだけだったんですが」

こんなにも大きく視点がずれていたのかと思ったら、彼女を引き止める気力も失った。この先何度でもすれ違うのではないかという不安も拭いきれなかった。そんなことを、深山はぽつりぽつりと隠さず語る。

「未練はないです。でも、できればまた、一緒に数学の問題でも解きたいですね。……もう無理だと思いますけど」

考え考え言葉を紡ぐ深山の表情を見詰め、本当に未練はないのだろうかと兼人は思う。また一緒に、なんて考えているくらいだから、少しくらい想いは残っているのではないか。

(復縁してみたらどうだ?)

そんな言葉が喉元まで上がったが、どうしてか声にならなかった。コップにつがれた酒を喉に流し込むと、言葉の代わりに芳醇(ほうじゅん)な匂いが鼻から抜ける。

「彼女とは、恋人というより戦友に近かったように思います。別れてからも友達同士でいられたらよかったのに……難しいですね」

深山が長い指でウィスキーの蓋を閉める。本当に残念そうなその顔を見て、未練があるとすれば恋人としてではなく友人としてのようだと悟り、兼人はホッと息をついた。

(——なんでホッとしてんだ、俺は)

自分の考えにギョッとして、兼人はほぼ無意識にコップを口に運ぶ。ふと見るとテーブルに置かれたウィスキーの壜はそこそこ量が減っていて、急ピッチで飲んでいることを自覚した途端、背中まで熱くなった。

「俺のこんな話、面白いですか?」

「……まあな」

「俺は主任の話が聞きたいです」

コップをテーブルに戻そうとしたら、眼鏡の奥で控え目に笑う深山と目が合った。何が聞きたい、となんの気なしに問い返せば、思いがけない答えが返ってくる。

「三人目の恋人の話が聞きたいです」

不意打ちに、兼人の目が揺れる。眼鏡の向こうで深山の目に火が灯ったのがわかって、口から離したコップをまたぞろ唇に押しつけていた。この話題はまずい。

「だから、三人目なんていない。その相手とはつき合ってもいなかったって言っただろう」

「つき合ってもいないのに、未だに忘れられないんですか？」

答えられずに酒を口に含んだ。飲みすぎだとわかっているのに、コップの中身は見る間に減っていく。

「それより、映画でも観てろ。そろそろ本筋がわからなくなって……」

テレビの中で悲鳴が上がり、逃げ道を見つけて兼人は正面に視線を戻す。次の瞬間視界一杯に黒い物体が飛び込んできて、口に含んだ酒を勢いよく噴射していた。

「し……っ、主任⁉　どうしました、あ、ティッシュを……！」

深山が慌てて兼人にティッシュを渡してくるが、兼人は目もくれずコップをテーブルに叩きつけた。

テレビの中で、先程まで恋人と楽し気に笑っていた女子学生が、無数の虫にたかられていた。黒くゾロゾロと蠢くそれがどんな種類の虫なのか判別はつかないが、網膜に焼きついた映像に脳と心臓を破壊されたかと思った。

「――帰る！」

兼人は口元を酒で濡らしたまま、一声叫ぶやその場から立ち上がった。途中、テーブルに強か膝を打ちつけ、けたたましい音を立ててテーブル上の食器が跳ねる。コップが倒れたかもしれない。だがそれを確認するだけの余裕がない。

深山はハッとした顔でテレビを振り返り、虫の飛び交う光景に気づくと素早くリモコンでテレビの電源を落とした。

それでも兼人は立ち止まれない。直前に見た黒光りするものが頭から離れない。瞬きのたびに蘇り、この場にそれがいるわけでもないのにパニックに陥った。コートもマフラーも鞄も忘れ、ドアに体当たりして廊下に出る。

だが、ハイペースな飲酒とショッキングな映像による心拍数の急上昇、さらに突然立ち上がったことが重なり、廊下に出るなり兼人の膝ががくんと折れた。とっさにドアノブを摑みかろうじて転倒は免れたが、視界がぐるぐると回っている。大揺れに揺れる船にでも乗っているようだ。後ろから深山に呼ばれている気もするがそれもよく聞き取れず、四つ這いのまま玄関に向かおうとして兼人は硬直した。

家に入ったときは気づかなかったが、視点が下がったせいで兼人は見つけなくてもいいものを見つけてしまう。キッチンの隅に置かれた、ハウス型の害虫捕獲器だ。前方にそれを見つけてしまった兼人は最早前に進むこともできず、尻もちをついてじりじりと後退する。

（ヤバい、吐く……！）

喉の奥から生ぬるいものがこみ上げてきて、掌で口を覆ったら後ろから肩を摑まれた。

「主任！　大丈夫ですか！」

ビクリと体を跳ね上がらせた兼人を、兼人以上に切迫した表情の深山が覗き込んでくる。

「部屋に戻ってください、テレビは消しましたから。今水を持ってきます、落ち着いて」

すっかり腰が抜けている兼人の腕を肩に担いで歩かせ、深山は座椅子に兼人を座らせる。

キッチンに向かおうとする深山の手を、兼人は乱暴に摑んで引き止めた。

「待て……！　深山、お前……っ、台所にあんなもん置いてるのか⁉」

吐き気をやり過ごして叫ぶと、深山は話の筋が見えないのか困惑顔で兼人の隣に膝をつい
た。その肩を両手で摑んで兼人は深山に詰め寄る。

「あんなもん置いといたら逆にアレが寄ってくるだろう！　ていうか、まさかお前の部屋ア
レが出るのか⁉」

「あの……なんの話を……？」

「キッチンの隅に置いてただろう！　ホイホイだ！」

商品名がすべて言えずに省略すると、深山はようやく眉を開いた。

「アレって、ゴキ……」

「うわぁぁ！　言うな言うな言うな！」

自分で口にするのもおぞましく、耳にするだけで卒倒しそうだ。話をしているだけで奴らが寄ってきそうで、そうなるともう部屋の角々が怖い。全身を這い上がる怖気に耐えきれず、兼人は闇雲に腕を伸ばして深山に体当たりをした。

恐怖を感じると何かにしがみつきたくなるのはなぜだろう。兼人はもう、一切の理性を放棄して深山の首にすがりつき固く目をつぶった。ガクガク震える体では、深山が硬直したことすらわからない。

テレビの消えた室内に、兼人の荒い息遣いだけが響く。しばらくして、深山がおずおずと兼人の背に手を添えてきた。

「あの……ホイホイなら、まだ学生の頃実家から送られてきて、ずっと置きっぱなしにしていただけですから……多分中の成分も干からびて、アレは寄ってこないと思います。それに、中にも何もいないです。一応掃除のたびに確認してましたから。今日も見ましたし」

そこまで言われても、深山の首にすがりつく兼人の腕は緩まない。深山の肩に額を押しつけ、乱れた息を押し殺すのが精一杯だ。

「あ……あの、今は真冬ですし……アレも出ませんから……」

背中に回された深山の腕が、そろそろと遠慮がちに兼人を抱きしめる。無防備な背中を守られているようで、今だけは危機感など微塵も感じず、むしろ心の底から安堵した。

深山の首にすがりついたまま、兼人は大きく息を吐き出した。深山も呼吸が整うのを促すように、ゆっくりと兼人の背中をさする。

しばらくして兼人の呼気が落ち着いてくると、深山が申し訳なさそうに口を開いた。

「すみません……まさかあの映画が昆虫系のパニックものだとは知らなくて。俺もきちんと確認しておけばよかったんですが……主任、虫が苦手ですもんね……？」

ゆっくりと背中を叩かれ、うん、と素直に頷いてしまってから兼人は目を見開いた。

「なんでお前それ知ってんだ……!?」

虫が苦手なことだけは、間違いなく社内の誰にも言っていない。むしろひた隠しにしてきたはずなのに。

まだテレビの映像が頭から離れず深山に引っついたまま尋ねてみれば、耳の後ろで深山が微かに笑う気配がした。

「なんとなくですけど……壁についた小さいシミとか黒いゴミとか、昆虫のイラストにまで過剰反応するので、もしかしたらと思ってただけです」

自分では上手いこと隠しているつもりだったのだが、案外他人は見ているものらしい。

「すみません、次は絶対虫が寄りつかないよう万全の準備をしておきますので……」

深山の見当違いな謝罪に脱力して、兼人は深山に全身で凭れて目を閉じる。耳の奥でいつもより速い心音が響き、いっぺんに体が重くなった。

一気に酔いが回ったようだと自覚して、その体勢のまま誰にも打ち明けたことのなかった秘密を口にする。

「……俺、大学に進学して東京に出てくるまで見たことなかったんだよ、アレ」

「主任の出身はどこなんですか？」

「北海道(ほっかいどう)」

深山が納得したように頷く。わずかに体が揺れて、小舟に揺られているようだと思った。不思議と気持ちがいい。体と一緒に、唇まで緩んでいく。

「それまでは、そんなに虫は苦手じゃなかった……。別に意識したこともなかったんだが、下宿始めてすぐに、立て続けに三回も部屋の中にアレが出てな……」

当時の光景が蘇りかけて、兼人はいったん言葉を切る。

一回目はまだよかった。噂には聞いていたがこれか、という好奇心のようなものもあった。随分グロテスクだな、と眉を顰(ひそ)めただけでいられた。

だが、二回目の遭遇で部屋に帰るのが憂鬱になり、三回目に至って絶叫した。

「……最初に住んでたアパートな、一階が古いラーメン屋だったんだ」

「それは出そうですね」

実際夏場は地獄だった。アレが部屋のどこに潜んでいるかわからず、目の端で何か動くたびに身が竦んだ。夜は電気を消して眠れなくなった。意識のないとき、アレが体の上を這っていたらと思うと目も閉じられなかった。

「結局すぐに引っ越した。でも、それ以来もう駄目だ。気がついたら虫全般が苦手になってた……特に節足系のアーマー形……」

「……なんですか、それ。アーマー……？」

「硬そうな奴駄目なんだよ。テントウムシとかカナブンとか。軟体形の方がまだマシだ」

「面白い分類方法ですね」

深山の声に密やかな笑いがにじむ。そのことに、むっとするより、ほっとした。

「……誰にも言うなよ。明言したことないんだからな」

「わかりました。秘密にします」

「というか、幻滅したんじゃないのか……？　いい年して虫が怖いって……」

「いえ、驚かせてしまって申し訳なかったとは思いますが、幻滅は特に」

「女の子は大抵引くぞ」

「……誰と比べてるんです？」

深山の声が少し低くなった。言葉の選択を誤ったと察したものの、すでに修正が利かない。

背中を叩いていた深山の手が、兼人の襟足にかかる髪に触れる。指先で髪を梳かれ、背中に微かな震えが走った。

「もしかして、三人目の人ですか」

「お前、まだそれ……」

「気になりますよ。教えてくれるまで何度でも訊きます」

「……面倒臭い奴め」

深山が笑って、また小さく体が揺れる。波にたゆたっているようだ。頭のてっぺんに何かが触れて、髪に口づけられたのではないかと思ったが、それも大したことではないような気がしてきた。視界が揺れて、耳の奥で聞こえるはずのない波音がする。

「……三人目は、大学のサークルで会った子だ」

唐突に、もういいか、と思った。昆虫が苦手なことを打ち明けてしまった後だからか、もうひとつ長く胸に抱えていたものも手放してしまっていい気になった。

「わかりやすく俺に一目惚(ひとめぼ)れして、人づてで差し入れくれたり、遠くから手なんて振ってきたり、目が合うと歓声上げたりしてた」

「……本当にわかりやすいですね」

そうだな、と兼人は苦笑する。彼女もそれを隠す気はなさそうだった。すっかり相手は自分のことが好きなのだと思い込み、周囲の男友達もそれを後押しした。

「あの子は絶対お前のこと好きだよ、なんて焚(た)きつけられて、俺も馬鹿だからその気になって、その子の誕生日にバラの花買って部室に行ったんだ。告白しようと思って……」

部室に行ってみると、そこには彼女と、兼人の友人が二人でいた。

彼女が兼人の友人に、どうすれば兼人が振り向いてくれるかしばしば相談しているという事実はサークル内でも有名で、またそんなことをしていたのか、と思ったら、友人が照れ臭そうに兼人に言った。

『斉賀、俺たちつき合うことになったんだ』

「……相談してるうちに、真剣に話を聞いてくれる俺の友達の方が好きになったんだと。しかもその子、俺に向かって言ったんだよ。私なんかじゃ斉賀君に振り返ってもらえないことは最初からわかってたしね、って」

だったらどうして、あんなにも熱烈な目で自分を見たのだろう。体の後ろにバラの花束を隠したまま、必死で混乱を鎮めようとした。あのとき、最早こちらには目もくれない彼女が、兼人の友人に送った眼差しが忘れられない。

「ああ、あれが本当に恋をしてる目なんだなって、やっとわかったんだ……」

自分の周りでぴょんぴょん飛び跳ね、目が合った、笑いかけられたと大騒ぎしていたときとはまるで違う、ひたむきに熱のこもった目で彼女は友人を見ていた。

あのとき、後から他のメンバーも続々と部室にやってきて、自分は道化にならざるを得なかった。おめでとう、と二人に花束を贈り、笑顔で祝福して、どうしてわかった、と驚く二人に目一杯格好をつけてウィンクを送った。わかるよ、俺は鋭いんだ、と。

「もー……、今思い出しても恥ずかしいわ……」

以来兼人は女性にちやほやされても舞い上がったりしなくなった。どれだけ黄色い声を上げられようと、自分は単なる観賞用でしかないことを思い知らされたからだ。

彼女たちは、端から兼人が振り返ることを期待していない。うっとりと眺めるだけで満足して、本当に心を傾ける相手の元へ去っていく。

「一緒にいると疲れるんだってさ。なんだろね、俺そんなにカッコいい？」

「美形ですね。間違いなく」

「もっと三枚目だったらよかったのになぁ」

酔っているせいで、いつもなら絶対口にしない言葉を口走っていた。同性にこんなことを言うと、大抵「嫌味か」とやっかまれる。そういう相手に限って彼女持ちだったりするから理不尽だ。深山もそうかな、と思ったら、背中を抱く腕にグッと力がこもった。

「……辛いですね。自分でそう望んだわけでもないのに」

低く呟いた深山の声からは、嫉妬も冷やかしも感じられなかった。同情でもなく上辺だけのものでもなく、想いのこもった声は真剣で、どうしてか喉の奥が痛くなる。

吸い込む息が、少しだけ乱れた。

「………だから言いたくなかったんだよ、三人目の話」

つき合ってすらいない相手だが、兼人が初めて自分から行動を起こそうとした相手だった。その上告白もできないうちから失恋した。

「なんだよもう……本命にばっかりあんな目して……俺のことなんて面白半分にしか見てなかったよ、あの子。わかってたら、最初から……」

ぐだぐだと管を巻き始めた自分をやけに遠く感じる。絡み酒なんて一番質（たち）が悪い。目を開けてみるがよく見えず、何もかも霞んで、左右に揺れている。

「ちなみに、主任の友達を見ていたその人は……」

深山が身じろぎして、眼鏡のフレームがカチリと小さく鳴った。背中を丸めて兼人から少しだけ身を離した深山が耳元に顔を寄せてくる。くすぐったくて深山の肩に埋めていた顔を上げると、至近距離で目が合った。

「こんな目をしていましたか……？」

深山は眼鏡を外していて、直接互いの視線が絡む。前髪の隙間からこちらを見る瞳は熱を孕（はら）み、相手の視線を逃すまいと必死だ。

友人を見る彼女の目も、こんなふうにひたむきだった。

あのとき、自分もいつかそんな目で誰かに見てほしいと痛烈に願ったことを思い出す。

「あの子はそんなに、がっついちゃいなかったぞ……」

欲しい、欲しい、と訴える視線に負けて兼人は目を伏せる。頬に深山の唇が触れ、どうかしていると思いながら目を閉じた。

深山の唇が移動して、そっと兼人の唇に重なる。柔らかく押しつけられたそれはすぐに離れ、うっすら目を開けるとすぐ側で深山がこちらを見ていた。お預けを食らった忠犬のような顔で、これ以上はするまいと奥歯を噛んで。

ぼんやりと瞬きをして兼人は考える。今兼人が立ち上がって暇を告げれば、今日のデートはこれで終わりだ。だが、それでいいだろうか。

もう、深山から離れてしまっていいだろうか。

「……今ならいける気がする」

答えを出せないうちに、言葉が口から転がり出た。

深山が目を眇める。眼差しが鋭くなった。こういう目を、正面切って自分に向けてきた相手は深山が初めてだ。

「……酒癖悪いですね、主任。前回も痛い目見てるでしょう」

「……そうだな。でも、一回やったら恋人のふりはもう終わりだろ？」

そちらの方がいい、と酒に溺れかけた理性が叫んでいる。

きっとこの関係は、一刻も早く終わらせた方がいい。深山の腕の中がどんどん居心地よくなって、キスに抵抗を感じなくなっていくのがわかるだけに、深刻にそう思った。

それに今なら、何もかもアルコールのせいにできるとまたも理性がそそのかす。

深山はしばし黙り込んでから、再び兼人の唇にキスを落とした。兼人は抵抗するでもなく大人しく目を閉じる。兼人が本気だと悟ったのか、深山は唇を離すと兼人の首に鼻先を押しつけ、溜息をついた。

「……今回は、どっちがいいですか。する方と、される方」

前回は自分がやると言い張って、結局何もできなかった。今回はどうだろう。ホテルで見た深山の裸体を思い出そうとしたら、目で見た映像よりも肌で感じた熱や硬さばかりが蘇った。食い入るような目で上からのしかかってきた体の重さまで思い出し、ふっと首筋に震えが走る。

「……される方、で」

一瞬、深山の呼吸が止まった。背中で深山がどんな顔をしているか想像したら俄に羞恥が募り、兼人は声を荒らげた。

「その代わりマグロだからな！　俺は何もしないからな！」

「それは、まったく構わないんですが……」

いいんですか、という言葉を深山が呑み込んだのがわかった。

そうだ、訊くな、と兼人は奥歯を噛む。男の自分に、なんてことを言わせるんだと耳まで赤くする。

「ベッドに行きましょう」

やけにきっぱりした声で言って、深山は兼人の背を抱いたまま腰を浮かせる。兼人も相手の顔を見られず、深山の首に腕を回したまま立ち上がった。ふらつく足で、傍らのベッドに倒れ込む。

背中からベッドに沈み込むや、耳の裏に深山が口づけてきた。きつく吸い上げられたと思ったら耳の端を唇で挟まれ、舌先で舐められる。兼人は肩を竦め、前より強く深山の首を抱き寄せた。

(なんか……前回と違うな……)

前回はもっと、深山に触れられるだけで全身が緊張した。だが今は、どんどん体の力が抜けていく。指先が痺れたようで感覚が鈍い。部屋が静かすぎるせいか、自分の耳が正常に働いているのかもわからない。聞こえるのはただ、いつもよりずっと速い自分の心音だけだ。

「……っ」

深山がセーターをたくし上げて脇腹を撫で上げる。直に触れてきた掌は相変わらず熱い。指先がするすると肌の上を滑り、胸の突起に触れた。息を震わせた兼人に気づいたのか、深山がゆっくりと指先でそこを転がしてくる。

「深山……っ、それは……くすぐったい……」

「くすぐったいですか」

「女の子じゃないからな……そこはいい」

「時間をかければ男性でも性感帯になるらしいですよ」

「……どこで覚えた知識だ」

兼人が苦笑を漏らすと、耳元で深山も笑った。こんなふうにじゃれ合っていると本物の恋人同士のようだ。なんて、そんなことを思う自分は本当に酔っている。

「男同士は初めてなので、調べられる範囲でいろいろ調べてきました」

反対側の突起に指を這わせながら深山が言う。優等生だな、と茶化してやろうとしたら、爪の先が胸の尖りに触れた。

「セックスは脳でするものだそうです。気持ちがいいと思えば、そのうち本当によくなるそうですよ」

「まるで洗脳だな……」

爪の先で優しく同じ場所を撫でられ、兼人は体をよじらせる。くすぐったい、と繰り返すと、今度は指の腹で柔らかく押し潰された。指先で円を描くようにこねられ、落ち着かない気分になって深山の首に巻きつけた腕をほどく。軽く背中を叩いてやると、深山が兼人の首筋に埋めていた顔を起こした。

伏し目がちにこちらを見下ろす深山を見て、兼人はピクリと肩を震わせる。いつの間にか、前髪の隙間から見え隠れする深山の目から壮絶な色香が漏れ始めていた。

(そういえば、こいつこそとんでもない美形だったな……)

深山はゆっくりとした瞬きをして、兼人の顎先に唇を滑らせた。

「気持ちよくはならなくても、いやらしい気分にはなってきませんか……？」

胸の先を弄る指先にぐぅっと圧がかかり、息が詰まった。深山の声がいつもより格段に甘いものだから、うっかり口車に乗ってしまう。

「……な、らない」

「そのうちなるかもしれません。次は感じ方が違うかもしれませんよ」

「——次はない」

兼人はきっぱりと言い返す。深山に言って聞かせるというより、自分自身に決意させるつもりで。

これで終わりだ。だから体を開くのだ。これ以上、深山の側にはいられない。

兼人の意思を悟ったのか、深山の手がぴたりと止まる。こちらを見る深山の眉が寄って、少し苦しそうな顔になった。泣き出す直前のようだ。

兼人は黙って目を閉じる。本当のことを言っただけなのに、フォローの言葉が滑り出てしまいそうで見ていられない。

深山も無言で兼人のセーターから手を引き抜くと、パンツのフロントホックに手をかける。さすがに羞恥が全身を駆け抜け、兼人は深山のシャツをギュッと摑んだ。

「……でも主任、初めてで最後までするのは難しいらしいですよ？」

ファスナーを下ろしながら深山が不可解なことを言う。聞き返そうとしたら、下着の上から自身を握り込まれた。

疑問の声が一瞬で霧散した。過敏な場所に長い指が絡みついて、体の中でぶわりと何かが膨らむ。いっぺんに喉元まで迫り上がってきたそれに息すら止まりそうになった。

「……今回はちゃんと、反応しますね」

耳元で囁かれ、全身の血が逆流した。

自分でも、深山の手の中で自身が形を変えていくのがわかる。前回は撫でこすられてもなかなか反応しなかったのに。

「さ……っ、酒が入ってるせいだ……っ！」

布の上からやわやわと撫でられ、声が震えてしまいそうになった。深山は兼人の首から顎先に唇を滑らせて小さく笑う。

「前回も飲んでませんでしたか？」

「この前はビールで、今回はウィスキーだろ……！」

「じゃあ、次はウォッカでも用意しておきます」

「……っ、次なんて」

ない、と言おうとしたら、それを阻むかのように深山にキスをされた。唇の隙間から押し込まれた舌が、兼人の舌を搦めとる。逃げようとすると追いかけられ、ますます深く絡まるキスに、兼人の瞼が小さく震えた。

息苦しいぐらいのキスに、頭の芯に霞がかかった。濡れた唇を甘嚙みされて鼻から心許(こころもと)ない声が漏れる。下着の中で自身が先走りを漏らしているのがわかる。深山に触れられると濡れた粘膜が熱を持ったように疼いて、些細な刺激にも蕩けてしまいそうだ。

「……主任？」

兼人の唇を舌先で舐めながら、深山が兼人の顔を覗き込む。

長い睫に縁取られた目が、余すところなく兼人の顔を見ている。じりじりと焦げるような視線に耐えかね、兼人は深山の肩に顔を押しつけた。

「見るな」

「でも、前回と全然違うので……」

「酒のせいだって言ってるだろ」

早口になってしまったのは図星を指されたからだ。言われなくてもわかっている。きっと自分は前回とはまったく違う顔をしている。無防備に緩んでいく体が、従順に快楽を追いかけてしまう。

深山は名残惜し気に兼人のこめかみに唇を押しつけてきたが、それ以上無理に兼人の顔を確認しようとはしなかった。代わりに下着の中にそろりと指が滑り込んでくる。直に触れられるのはやはり気恥ずかしかったが、兼人も抵抗せず深山のするに任せた。

「……ん……っ」

先走りのせいで、先端に触れた深山の指先はぬるついている。深山はそれを指に絡めて兼人の雄を指先で辿る。触れるか触れないかという微妙な力加減に息が震えた。これから与えられるだろう快感を思うと、浅ましくも喉が鳴る。

前回ホテルで深山がどんなふうに自分に触れてきたかわかっているだけに、弥が上にも期待が高まった。いつまでも指先で撫でるようにしか触れてこない深山に焦れ、早く、とんでもない言葉を口走りそうになったところでようやく深山が掌全体でそれを握り込む。

「あっ……ん……」

焦らされた分だけ快感は濃く、背筋にぞくぞくと震えが走った。そのまま上下に扱かれて、兼人はわずかに膝を立てた。

「ん……ぅ……はっ……」

硬い深山の掌を、もう男の手だと意識することはなかった。深山の手の中で、萎えるどころか見る間に硬く反り返っていく自身に兼人は戸惑う。あっという間に追い上げられそうになって、兼人は深山の背中に爪を立てた。いくらなんでも早すぎる。

これもアルコールのせいか。嚙みしめた唇から漏れる息が弾んでいる。背中にうっすら汗が浮き、深山の指が上下に動くたび腰が跳ねた。これまで最中に声など出したことはなかったのに、今は気を抜くととんでもなく甘い声が漏れてしまいそうで一層強く唇を嚙む。

「ん……んっ……あっ」

「主任……服を脱がせてもいいですか」

兼人をゆるゆると煽りながら、深山が耳元で囁く。今にも弾け飛びそうだった兼人は、その申し出を喜んでいいのか恨んでいいのかよくわからない。男の手でこんなに早く絶頂に押し上げられるなんて回避したいという思いと、アルコールとともに体の内側に溜まった熱をすぐにも放出させてほしいという切望が入り混じる。

兼人は口から溢れそうになる言葉を無理やり呑み込むと、深山の背中に回していた腕を解き、深山に手を貸してもらってセーターを脱いだ。その間も深山はずっと兼人の雄を弄っていて、強くなったり弱くなったりする不規則な刺激に兼人は何度も声を漏らしかけた。

身につけていたものをすべて脱ぐと、額にまで汗がにじんでいた。少し動いただけで動悸が高まる。喘ぐように息を吸って背中からベッドに倒れ込もうとしたら、深山に腕を引かれて止められた。

「うつ伏せになってください。膝は立てて」

「……？　なんで……」

兼人が尋ねるより先に、深山が自身のシャツを脱いだ。大きな体に見合った広い胸が突然目に飛び込んできて、妙な具合に心臓がねじれる。フラッシュバックでも起こしたようにホテルでの光景が蘇り、バスローブの胸元をはだけさせてのしかかってきた深山を思い出したら耳の裏でドドッと血が巡る音がした。そうなるともう半裸の深山をまともに視界に収められず、言われるままにうつ伏せになる。

四つ這いになり、何が起こるのかと視線を揺らめかせていると、背後でごそごそと不審な音がした。肩越しに振り返ると、深山がプラスチックのボトルから掌の上にとろりとした液体を落としている。

「……深山、なんだそれ」

「ローションです」

うえっ、と潰れた声を上げてさらに首をねじったら、首筋に激痛が走った。寝違えたようになって苦悶の表情でシーツに横顔を押しつけると、後ろから深山がのしかかってくる。

背中に広い胸が押しつけられ、痛みもどこかに吹き飛んだ。深山の体はどこもかしこも熱い。酩酊して指の先まで熱くなっている兼人以上で、芯から熱を持っているようだ。

ローションで濡れた指が隘路にそろりと触れてきて、兼人は小さく喉を鳴らした。

男同士でセックスをするとき、そこを使うくらいの知識なら兼人にもある。当然の成り行きだ。ここまできたら腹をくくれと、兼人はシーツを握りしめた。

「主任、セックスで女性が感じる快感は男性の十倍以上って話、知ってますか？」

指先が内側に入り込んでくる感触をやり過ごそうと奥歯を噛んでいたら、深山が突拍子もないことを言い出した。

「な……ぁ……っ」

「男性の絶頂感は射精と同時に終了するので一瞬ですが、女性はその前後で深く長い快感を得ているそうです」

何を言っているんだ、と言おうとしたら、ずるりと奥まで指が入ってきてひしゃげた声しか出なかった。ローションのおかげか、予想に反して痛みはないが、息苦しい。

深山はゆっくりとさらに奥へ指を進めながら、兼人の耳の裏で続ける。

「主任も覚えがあるんじゃないですか?」

「あ、あるわけないだろ……、俺は女じゃない……っ」

「そうじゃなく、セックスの最中、女性が凄く、いい顔をするところとか」

深山の声に吐息が交じった。それに触発されたかのように、脳裏にかつての恋人の姿が蘇る。兼人の体の下でのたうつ白い体。熱い溜息をついた赤い唇、潤んだ目。

高校の頃つき合っていた女子大生は、今思うと相当に淫蕩だった。会えば必ず体を重ねていた気がする。

熱く濡れた肉をかき分け、猛った自身を突き立てると、いつでもたまらなく気持ちよさそうに喉を仰け反らせた。あのとき兼人自身が得た肉感的な快感と、蕩けた相手の顔を思い出し、背筋を震えが駆け上がる。

「男性も、ここを使うと同じくらいの快感を得られるそうですよ……?」

ず……っ、と奥まで長い指を呑み込まされ、兼人は声もなく背中を仰け反らせる。昔つき合っていた女子大生がそうしたように、自然と背中が山形になった。

「な……っ、なるわけない、だろ……っ！　そんな……」

前触れもなく体の中心を貫いたものがなんなのかわからず、焦って兼人は声を荒らげる。

深山は深く埋めた指をゆっくりと引きながら、兼人の耳の端に唇をつけた。

「かなり信憑性（しんぴょうせい）のある情報だと思うんですが……」

「だから……そんなのどっから調べ…て……っ」

耳の端に柔らかく歯を立てられ、語尾が微妙に震える。深く埋められた指がゆるゆると抜き差しされ、脇腹が引き攣った。痛くはないが、すぐに慣れるような感触でもない。

「……思ったよりも、柔らかいですね」

中で深山がわずかに指を曲げる。押し上げられて喉の奥から切れ切れの息が漏れた。その後から、何やらひどく卑猥（ひわい）なことを言われた気分になって耳が熱くなる。

「受け入れる方がある程度信頼して体を任せてくれないと、なかなか先には進めないらしいんですが……」

その言い草ではまるで兼人が深山を受け入れているようではないか。情報源もわからない深山の言葉に流されてしまいそうで、兼人は横顔をシーツに押しつけて深山を睨んだ。

「酒のせいだ……！」

「だとしても、安心しました。主任の体に傷をつけないで済みそうです」

ほら、と深山が指を根元まで押し込んできて、体の内側を硬いものが逆流する感触に背中の産毛がザァッと総毛立った。

「グズグズで、凄く熱い」

「……っ、妙な言い方するな……！」

視界の隅で深山が笑う。愛し気に目を細め、兼人の目元に口づける。

これではまるきり女性の立場だ。気恥ずかしくて気を失いそうだとシーツを握りしめたら、深山がまたゆっくりと指を引いてきた。

「前立腺（ぜんりつせん）は知ってますか……？　この辺りにあるはずなんですが……」

前立腺の名前くらいなら兼人も知っている。何かといかがわしい逸話の多い場所だ。まさかそれをどうこうするつもりかと戦慄（せんりつ）していたら、強い刺激が下肢に走った。

「っ！　ん、な、何した……！」

痛いというより、痺れたような感覚に声が裏返る。深山は首を伸ばして兼人の顔を覗き込むと、唇に薄く笑みを浮かべた。

「前立腺、今のところらしいですよ」

「あっ……ば、馬鹿……っ、やめろって……！」

深山の指が、そろりと同じ場所を押してくる。ごく弱い力だったがまた痺れるような刺激が走り、兼人はシーツをかきむしる。

「やだ……、や……やめろ……っ」

「最初は触られるだけできついみたいですね。……苦しいですか？」

強がろうとしたが次々襲いかかる未知の刺激を前にしては、そんな気力もすぐ萎えた。情けないことに目の端に涙さえにじむ。涙目を深山に向けると、また目元にキスをされた。

「ゆっくりいきますから、大丈夫ですよ」

こんなときなのに、深山の声は優しい。初めての体験に心細くなっているだけに、深山にすがりつきそうになった。こんな事態に直面させている張本人は深山だというのに。

深山がもう一方の手を伸ばして兼人の胸に触れる。胸の突起に指を這わされ、兼人は身を守るように背中を丸めた。

「そこは、くすぐったいって言っただろ……」

「でもいやらしい気持ちになるんですよね？」

「そんなこと言ってな……、っ……」

反対の手にもローションを塗っていたのか、胸の先端をとろりと深山の指が滑る。先程とは異なる感触に言葉が途切れた。息が詰まる。

「また少し、違う感じになってきたんじゃないですか……？」

何もかもわかったような口調で囁く深山が憎たらしい。悪態をついてやりたいところだが、口を開いたらどんな声が出てしまうかわからなかった。

胸を弄りながら、深山は慎重に力を調節して前立腺を押し上げてくる。そのたびに走る、痺れるような、息苦しいような、前例のない刺激を受け入れるのに兼人は必死だ。

「う……っ……ん……っ……」

深山の動きに合わせてびりびりと下肢に電流が走るようで目の前が霞む。体が熱い。ときどき意識が遠くなる。深山の指が新しい刺激を呼んで、遠のく意識を繋ぎ止める。

どこからか酒の匂いがして、酔いが一層深くなった気がした。テーブルの上にはまだ酒や料理が残っている。もしかするとつまみのチョコレートは溶けているのではないか。喉から吸い込む空気がやけに熱くて、甘苦しい。腰も熱くて、溶けそうだ。

「もう一本、入れますよ」

耳の後ろで深山が密やかに囁いたときも、兼人はろくな反応ができなかった。

せめてもう少し酒量を抑えていたら、などと思ったが、後の祭りもいいところだ。

「あ……あっ……ぁ……」

ずるずると深山の指が押し入ってきて、兼人は切れ切れの声を上げた。唇を噛むだけの余力がない。圧迫感に眩暈がする。

「ん……ん、や……みや、ま……」

深山の唇が移動して、兼人の首筋に滑り下りる。肩から背中にキスを落とされ、肩甲骨がグッと寄った。

「もう少し腰を上げてもらえると、前も触ってあげられるんですが……」

兼人の肩甲骨に唇を滑らせながら、深山がとろりと甘い声で囁く。長く放置されていた場所はなお萎えず、痛いくらいに存在を主張し続けている。

年上の面子(メンツ)だとか同性に対するこだわりだとかは、繰り返し下腹部を貫く痺れるような刺激の前にもろくも崩れ、兼人はこの熱くて甘ったるい責め苦から逃れたい一心で自ら腰を上げた。

深山が肩甲骨の間を強く吸い上げ、肌に微かな痛みが走る。そんな刺激にすら背中をびくつかせていると、それまで胸を弄っていた深山の手が下肢に伸びた。

「……あっ」

指先が下降する。与えられる快感を想像しただけで鼓動が乱れた。息を詰めてそのときを待つ兼人の雄に、深山の指が絡みつく。

「あっ……あぁ……っ、や……ぁ……っ」

先端に軽く触れられただけで全身が慄(おのの)いた。内側にある深山の指を締めつけてしまい、腰が甘く疼く。深山がゆっくりと中をかき回し、声が殺せなくなった。

「あっ、あ……、あぁ……っん」

「ほら、気持ちよくなってきたでしょう……?」

ゆるゆると前を扱きながら後ろを弄る深山に、憎まれ口を叩くこともできなかった。深山の指の動きに合わせて腰が跳ねる。苦しいくらいの絶頂感に追い上げられて、兼人はシーツを握りしめた。

「あっ、ぁ、あぁっ……！」

深山が雄を握る手に力を込めてきて、ヒュッと喉が鋭く鳴る。腰の辺りでわだかまっていた熱が一気に膨張した。息ができない。

喉を仰け反らせ、兼人は全身を痙攣（けいれん）させる。

「ひ……っぁ——……っ！」

深山の手の中で自身が弾ける。後ろに深山の指を咥え込んでいたせいか、それとも場の雰囲気に呑まれたのか、ほんの少し先端を弄られただけであっさりと達してしまった。

途中で完全に息が止まってしまい、ぐったりとベッドに倒れ込んでもなかなか呼吸が整わなかった。肩で息をしていると、後ろから深山の指が引き抜かれる。

そういえば深山はまだ下を脱いですらいない。これからが本番だったと思い至ったが、最早目を開けているのも辛い。とはいえ今度こそ、きっと深山は逃がしてくれないだろう。

「……悪い、もう、動けない、から……」

好きにしてくれ、と言おうとしたら、後ろから深山にキスをされた。

兼人の唇を柔らかくふさぎ、深山は互いの唇が触れ合う距離で囁く。

「初めてで最後までするのは難しいって、先に言っておいたじゃないですか」

兼人は自重に負けて下がりそうになる瞼を必死で開けるが、深山の顔はぼやけてよく見えない。だが、声の調子から深山が冗談を言っているわけではないことは伝わってきた。

ということは、この先にはいかないつもりか。また次があるとでも言うのか。

(それは、まずい……)

もういっそ、無理やりでもいいからこのまま最後まで済ませてほしい。次なんてごめんだ。今度はもっとスムーズに深山の手で乱されてしまうだろう予感があるだけに避けたかった。

深山の名前を呼ぼうとしたら、もう一度唇に優しく口づけられた。

「眠ってください、このまま――……」

唇から頬、両方の瞼にキスをされ、兼人の視界は闇に閉ざされる。横になっているのに体は波に揺られるようだ。自分の拍動で体が揺れていることなど酔った兼人にはわからない。

心地よい酩酊感と深山の唇を感じているうちに、兼人は本当に意識を手放してしまったのだった。


十二月に入ってからというもの、週明けに会社に行くのが辛くなった。

肉体的にというより、精神的に。主に斜め後ろの席に座っている深山が原因だ。

午後のミーティングに備えて資料のチェックをしてみるものの、通路を挟んで背中合わせに座る深山が気になって仕方がない。

一昨日の土曜日は、深山の部屋で酔い潰れてそのまま朝を迎えた。目覚めると兼人はきちんと服を着てベッドで寝ていて、深山は部屋の隅で毛布にくるまって眠っていた。体の様子を観察した限り、どうやら本当に最後まではしなかったようだ。

(据え膳かよ、紳士かよ。というか……恋人ごっこ続行か……!)

これで最後だと思ったからこそ、恥を忍んで深山に体を許したというのに。深山のことだからきっとまた次のデートに誘ってくるだろう。そうなったら、開始早々とんでもないことをされそうで今から気が気でない。

昨日は深山が目覚めるなりろくな挨拶もできないまま家を飛び出した。帰宅後は一日中己の痴態を思い返してベッドの上でもんどりうち、せめて会社では何事もなかった体で通そうと誓ったが無茶もいいところだ。今のところ深山とは朝の挨拶しか交わしていないが、「おはよう」というごく短い言葉が震えず言えていたかまったく自信がない。

年下の男に、いいように喘がされて達してしまった。そう思うと手にした資料を真っ二つに裂いて奇声を上げそうになる。恥ずかしい。いたたまれない。あんな醜態を晒した後、深山がどんな顔で自分を見るのか確かめるには多大な勇気が必要だ。

そんなことをぐるぐると考えていたら仕事も遅々として進まず、兼人は肺の奥に溜まっていた空気を思いきり吐き出すと、勢いをつけて椅子から立ち上がった。

「石川、午後のミーティングの準備するから、会議室にプロジェクター持ってきてくれ」

資料とノートパソコンを抱えて隣の席の石川に声をかけると、石川は「これ終わったらすぐ行きます」とパソコンを睨んだまま返事をした。

廊下に出ると、すっと呼吸が楽になった。深山が近くにいるとどうしても緊張する。

(――……妙な約束なんてするんじゃなかった)

人気のない廊下を歩いて会議室に向かう途中、兼人は小さな溜息をつく。休職願を出した深山を引き止めようと必死だったとはいえ、冷静に考えればもっと他の方法もあったはずだ。今からでも条件の変更を申し出るべきか。

(いや、どうせ恋人のふりだって一ヶ月だけなんだし……)

深山が無茶な交換条件を突きつけてきてから、今日で丸二週間だ。あと二週間、年が明ければ早々にこの関係も終わる。

(正月休みは俺も実家に帰るし、実際はあと一週間くらいか……)

指折り数え、意外と短いもんだな、と兼人は思う。直後、ギョッとして足を止めた。

ほんの少し、淋しさが胸を過った気がしてうろたえた。よろける足で廊下の隅に寄り、何を馬鹿なと乾いた笑いをこぼしたとき、前方の商談室から聞き覚えのある声が漏れてきた。

商談室はその名の通り、飛び込みでやってくる電子部品メーカーの営業や、ちょっとした取引先との商談に使われる。室内を幾つかのブースで仕切り、各々に四人座れるくらいの小さなテーブルと椅子を並べた部屋だ。入り口の扉は大抵いつも開いていて、廊下まで声が漏れてくるのも珍しいことではない。

　声の主は田古部のようだ。姿を見ないと思ったら、こんな所にいたらしい。そのまま通り過ぎようとした兼人の耳に、田古部の粘着質な声が絡みつく。

「君も理系か。うちにもひとり、今年入社したばかりの理系の新人がいるがね、君のように愛想もよくないし、なかなか扱いにくいよ」

　理系の新人、という言葉に深山の顔が重なった。該当するのは深山以外に思いつかない。同じく今年入社の石川は人文学部だったはずだ。

　部屋の入り口からそっと中の様子を窺うと、田古部の薄くなった後頭部が見えた。向かいに座っているのは見覚えのないスーツ姿の男で、いつから田古部と話し込んでいるのか、ときどき腕時計に視線を落としながら相槌を打っている。どうやら田古部は飛び込みの営業を捕まえてこんな所で油を売っていたらしい。

（社外の人間になんて話してんだ……ていうか仕事しろ）

　部屋の外で眉を寄せる兼人に背を向けたまま、田古部がわざとらしい溜息をつく。

「数学科を出ているから数字には強いと思ったんだが、営業予測を立てさせてみたらちんぷんかんぷんな数字を出してきて呆れたね。いや、期待して損をした。あれなら経理部に預けた方がマシだ」

馬鹿にしたように田古部が笑う。相手が内部情報に疎い外の人間だからかぺらぺらとよく口が回るようだ。理系のくせに、数学科のくせにと強調しては、深山を鼻で笑い飛ばす。

田古部の笑い声がいつにも増して耳に障り、靴の先が商談室の中に向いた。苛立ちまぎれに乗り込んで「仕事しましょうよ」と笑顔で言ってやろうか。本気でそんな考えが頭を掠めたとき、後ろからポンと肩を叩かれた。

絨毯が敷かれた廊下は靴音が響かない。肩を叩かれるまで後ろに誰かが立っていたことにまったく気づかなかった兼人は、上がりかけた声を呑み込んで振り返る。そして、呑んだはずの声がまた口から飛び出しそうになって片手で口を覆った。

そこに立っていたのは、プロジェクターを手にした深山だった。

朝から極力視界に入れないようにしていた深山が突然目の前に現れて、兼人の目が激しく左右に振れる。それでもかろうじて動揺を抑え込めたのは、商談室からまだ田古部の声が漏れ続けていたからだ。「使えない理系の新人」と連呼する田古部の声に気づいたのか、深山も室内に視線を向ける。

「……来い、会議室行くぞ」

深山本人に聞かせたい話ではなく、兼人は低い声で告げて会議室へ向かった。その後を、深山も大人しくついてくる。

会議室に入ると、深山は早速プロジェクターを机に置いて電源コードを伸ばし始めた。二人きりになったからといって土曜のことを匂わせるそぶりはない。

黙って深山の横顔を見ていると、兼人の視線に気づいたのか深山が作業の手を止めた。

「石川は電話中です。長くなりそうだから代わりに持っていってくれと頼まれました」

手短に説明する深山に頷くが、それより気になるのは田古部の発言を深山が聞いていたかどうかだ。兼人はノートパソコンを広げてチラチラと深山の顔色を窺ってみるが、その横顔には落胆も怒りも浮かんでいない。

迷った挙句、兼人は小さく咳払(せきばら)いをして切り出した。

「さっきの係長の話だけど……営業予測云々とか、聞いてたか……？」

「はい。確かに俺の予測、ボロボロでしたから」

やはりしっかり聞こえていたらしい。社内で軽々しく部下の陰口を叩く田古部に今更腹が立って、兼人は尖った声を出した。

「気にすんな。予測を立てるにはある程度の経験則も必要だ、お前のやり方はセオリー通りで、別に間違っちゃいなかった。あんな偉そうなこと言ってたけど、係長だって派手に外すこと多いからな」

プロジェクターに接続端子を取りつけていた深山が顔を上げる。そこで初めて兼人の苛立った表情に気づいたのか、眼鏡の奥で目を丸くした。

「どうして主任が怒ってるんです？」

「怒るに決まってんだろ、いきなり新人に予測立てさせておいて外れたって吹聴して回るんだから。性格悪い」

「主任が係長のこと悪く言うなんて、珍しいですね」

貶（けな）された深山の方が穏やかな声音で、兼人は苦々しく深山から目を逸らした。

主任という肩書を与えられてから、兼人は表立って田古部を批判したことがない。

主任の主な役割は、係長補佐と後輩の指導。上司というより下をまとめるリーダーという側面が多い。だが何より上が兼人に望んだのは、田古部のフォローだった。

田古部は目上の者にへつらうのが上手い。だから一部の客——大抵は気難しいワンマンな社長だ——にやたら気に入られていたりする。社内で煙たがられている者同士気が合うのかもしれない。そういう相手は田古部しか対応できないことも多く、田古部もある意味営業部になくてはならない存在だ。

一方で、上に媚びて下に横柄な田古部には人徳がない。仕事も手を抜きたがるし、責任は部下に押しつけたがる。当然社内で田古部に対する反感は強まり、それを少しでも宥めるのが兼人の役目だ。

だから兼人はこれまで、田古部のいない酒の席でどれだけ皆が田古部を悪く言っても、自分は決してそれに同意しなかった。相手の言い分をじっくり聞いて、本当は力一杯頷いてやりたいところを呑み込んで田古部を擁護してきた。

だが、いい加減それも限界だ。

兼人はきつく眉根を寄せ、ぼそりと呟く。

「……悪く言いたくもなるだろ。ああいう陰口は好きじゃない」

本当は田古部本人が好きではないと言いたかったが、そこはかろうじて堪えた。

「あの人は、人の弱みを握りたがる。それで安心するんだ。俺も虎視眈々と弱点を探られてるのがわかるから……だから会社では虫が苦手なことは隠してる」

神妙な顔で兼人の言葉に耳を傾けていた深山が小さく目を瞬かせる。と思ったら、おかしそうに笑って手の甲で口元を覆った。

「主任、だから必死で虫嫌いなこと隠してたんですか？」

「笑い事じゃないぞ。マジであの人にばれたら、ちょっと仕事でミスっただけで『これだから虫嫌いは』とか言われるんだぞ。嘘じゃないからな、他の奴らとあの人が喋ってるところ今度よく聞いてみろ。結構理不尽な難癖つけられてるぞ」

うっかり言葉に熱がこもってしまい、自分の立場を思い出した兼人は声の調子を改める。

「……悪い人じゃないけど、少し面倒臭い。お前もあの人に弱みは握らせるなよ」

口元に笑みを乗せたまま、わかりました、と深山が頷く。どうやら兼人が思うほど田古部の言葉は気にしていないようだが、それでも言い足さずにはいられなかった。

「それから、営業予測に数学的な知識を期待するのは間違いだ。あんまり気にすんな」

確率統計学や解析学は多少役に立つかもしれないが、基本的に営業予測は数学とは毛色が違う。人と人のやり取りの中で契約が成立し、納期が動き、最終的な金額が出る、数字だけでは判断がつかない世界だ。そんなことは田古部とてわかっているだろうに、意地が悪い。

ノートパソコンが立ち上がるのを待ちつつ仏頂面で兼人が言うと、テーブルの向こうから深山の静かな声が返ってきた。

「でも、数学が好きっていうだけであらゆる数字に強いと思われるのは、いつものことですから……」

深山は絡まった接続端子のコードを丁寧にほどきながら、目を伏せて微かに笑う。声には諦めのような色が潜んでいて、兼人はわずかに眉を寄せた。

入社当初、深山がどれほど周囲の人間に過度な期待を寄せられたかを兼人は知っている。そしてその期待が、どんなふうに薄れていったかも。

きっと入社するまでにも同じようなことは何度もあって、深山はそういう一連の流れに、すっかり慣れてしまっているのだろう。

「……お前は数字で遊んでるだけなのに、きついな」

自然とそんな言葉が口を衝いて出た。

ようやくパソコンが立ち上がってディスプレイに視線を落とした兼人は、途中で深山がこちらを見た気がして再び視線を上げる。

深山は絡まったコードを手にしたまま、微動だにせず兼人を見ていた。長めの前髪と縁の太い眼鏡に隠されがちな目が大きく見開かれているのに気づき、兼人はキーボードに乗せていた手を慌てて引っ込めた。

「え、あれ、数学は趣味だって前に言ってなかったっけ?」

「……言いましたけど、その、そういうふうに言われたのは、初めてというか……」

ぼそぼそとした口調で言って、深山はぎこちなく顔を伏せた。

「それを言うと、嫌味か、みたいな顔をされることが多いので……」

その姿に強い既視感を覚え、兼人もしばし棒立ちになる。一体いつこんなやり取りをしたのだろうと記憶を探って、深山が入社したばかりのことだと思い至った。

そのときはまだ深山の指導役は田古部で、深山は仕事のやり方もろくに教えてもらえず、雑用ばかり押しつけられて残業も多かった。その日は雑多な資料整理に追われていたようで、気がつけばフロアには兼人と深山の二人きりになっていた。

会話の発端はもう、覚えていない。偶然目が合ったのだったか、兼人から声をかけたのだったか、ともかくそのとき初めて深山と長めに言葉を交わした。

有名大学の数学科出身という深山には兼人も興味があり、軽い気持ちでこんな質問をしたことを覚えている。

「数学使って営業的なアプローチとかできると思うか？」

大学を出たばかりとはいえ、相手は兼人が卒業した大学よりずっと偏差値の高い学校を出た頭のいい人物だ。気の利いた答えが返ってくるかと思ったら、深山は人差し指の第二間接で眼鏡のブリッジを押し上げ、俯き気味に言った。

「営業では、ちょっと思いつきません……数学は、趣味でしか扱ったことがないので」

趣味であんな大学卒業できるのかよ、と茶化そうとして、直前で言葉を呑んだことを思い出す。

入社当時の深山は、今より少し髪が短かった。前髪も目にかかるほどではなく、眼鏡の下で伏せられた目に恥じ入るような色が過り、兼人は即座に理解した。

これは謙遜ではなく、本気だな、と。

兼人には深山の表情に覚えがあった。どこかいたたまれなそうなその顔は、昔の自分がよく浮かべていたのと同じだ。

学生の頃、「美形はいいな」と友人に言われるたびに「嬉しくない」と返してきた。その都度贅沢だの高飛車だの言われ、ひどく理不尽な気分になったものだ。

自分が望んで得たわけではない境遇と、周囲から向けられる羨望の眼差し。それらしい対応を期待される雰囲気にいつも辟易して、本心を口にすることもできない。

本音を口にすれば、他人の望むものを手にしている人間が不平や不満を言うのは傲慢だ、とでも言いた気な空気に呑み込まれ、窒息しそうになることがわかっていたからだ。

深山の横顔は、窒息しないよう極力息を潜めていた過去の自分とそっくりで、だから兼人は勢いよく身を乗り出した。

「大学では数学の勉強してたんだろ？」

「はい……そうなんですが……」

「じゃあ、学校楽しかっただろ」

まだ会社の人間関係に慣れていないのか、緊張した面持ちで喋る深山の顔を覗き込んで言ってやると、深山が小さく目を瞬かせた。

「……はい、凄く」

消え入るような声でそう答えた深山に、兼人は満面の笑みで言ってやった。

「だったら俺と変わらないな！　俺も遊んでばっかりだった」

もしもあの場に、自分たち以外の誰かがいたら間違いなく言えなかった言葉だ。兼人は本当に勉強なんてそっちのけでバイトやサークルに明け暮れ友人と遊んで過ごしていたが、深山はきっちり勉強をしている。他人が聞いたら噴飯ものの発言だったろうが、本人が「遊んでいる」と感じている部分だけは一緒だと思った。そこだけすくい上げて言ってやると、深山の顔にさざ波が走った。

あのときの深山の顔が、今になって鮮明に蘇る。

連日の残業で青白くなっていた頬に、サッと朱が走った。眼鏡の奥で目を見開いた深山が、わずかに顎を引いて頷く。

「そうです……。――……そうなんです」

少しだけ声が震えていて、こりゃ疲れてそうだな、と苦笑した。

それ以上は想像も及ばなかった心境が、今ならば少しわかる。深山の部屋で昔の恋愛話なんてしてしまったとき、三枚目になりたかったと口走った自分に深山は言った。揶揄(やゆ)するでもなければ茶化すでもなく、「辛いですね」と。

あの、喉の奥が痛くなるような感じ。他人には理解されにくい、自分でも持て余す感情にただ頷いてくれることの嬉しさを思い出し、兼人は急に深山の顔を見ていられなくなる。

そして、だから自分なのか、と初めて思った。

(まさか、そんな単純なことで――……)

でも腑に落ちる。誰も立ち入れないだろうと思っていた心の深い場所に、当たり前の顔で寄り添ってくれる衝撃と歓喜と安堵は、つい先日深山に教えられたばかりだ。

あの瞬間はどこまでも心が無防備になって――だから、自分も。

(……えっ、俺もって⁉)

「主任、あの」

とんでもない方向に横滑りした心の声と深山の声が重なって、心臓が肋骨に激突したかと思った。兼人は咳き込むふりで時間を稼ぎ、平素の顔を取り繕って深山と向き合う。

「な、なんだ……?」

「明後日ですが、何か予定は入ってますか?」

頭の中でスケジュール帳をめくる。外回りの予定でも聞かれているのかと思ったが、明後日は祝日だ。

その時点で深山が何を言おうとしているのかわかって、兼人は深山から目を逸らす。きっと深山は眼鏡の向こうから、あのひたむきな目で自分を見ているのだろう。そこまでわかっているのに、とっさに嘘がつけなかった。

「……別に、何も」

「だったら、俺が約束とりつけても構いませんか?」

ほら見ろ。そうなるに決まっていたのに。駄目だと言うには理由がいる。けれど一番無難な「予定がある」という理由は自分自身ですでに潰してしまった。

兼人はガリガリと後ろ頭を掻く。頬が赤くなっていくのがわかって決まりが悪い。誘われるのを承知で水を向けたような気恥ずかしさが、深山に伝わらないことを祈る。

「……構わない。詳細は追ってメールしろ」

まるで仕事の指示でもするように短く言ってやると、はい、と深山も簡潔な返事をした。顔を見なくても、深山が嬉しそうに笑っているのがわかるような返事だった。

午後から始まったミーティングは、係長の田古部を筆頭に主任の兼人、それから深山を含む他六名で始まった。今年も残すところあと十日。ミーティングの内容は休みに入る前に年内の業績などを振り返り、年明けにどう動くかの確認が主だ。

プロジェクターを使った説明が終わり室内に明かりがつくと、ホワイトボードの前に座っていた田古部が嘆息した。

「なんだかんだと売上目標には届いてないな」

「年明け早々に巻き返しを図るしかありませんね」

田古部の隣でパソコンを操作しながら兼人が言うと、田古部が眉を互い違いにした。

「簡単に言うが、何か案でもあるのか？　かなり絶望的な数字だぞ」

そうだとしても、上に立つ人間が簡単に悲観的なセリフを吐いてくれるな、と思ったが、それは口にせず兼人は建設的な話題を提供する。

「市立病院の案件がまとまればまだ見通しは明るくなるんじゃないですか？　佐野（さの）、進捗はどうなってる？」

「それはまだ、病院側から待ったがかかってますね。もしかすると年度末に動くかもしれないんですが……下手をすると来年度の予算に回される可能性もあります」

佐野の言葉を聞くや、田古部がテーブルに身を乗り出してきた。

「それじゃあ今年度の目標達成に間に合わないだろう。なんとか年度内にねじ込め」

「ただ、先方にもいろいろと事情があるようで」

「どこにだって事情はある、うちだって年内に納入したい事情があるんだ。君ね、相手に気を遣ってばかりいたら売れるものも売れなくなるぞ」

相手の事情など斟酌する気もない田古部のセリフに辟易したのか、佐野は憮然とした顔で気のない相槌のようなものを打っている。

（この先も長くつき合っていく相手なんだから、一時の数字に目が眩んで無茶なことなんてできるわけないだろ……）

後で佐野にはコーヒーでもおごってやろう。そんなことを兼人が思っていると、田古部が手元の資料を睨みながら何事か呟き始めた。

「大口の案件は時間がかかるな……。もう少し安価なものが大量にさばければ楽なんだが。今度の営業会議でそう提案してみたらどうだ？」

「たとえばどんなものを提案するんです？」

思いつきを軽々しく口にしがちな田古部に尋ねると、案の定具体案はなかったらしく、不機嫌な顔で睨みつけられた。

「それを全員で考えるためのミーティングだろうが。何か案はないのか。できればまだうちで扱っていないものの方がいい。たとえば、ほら……あれはどうだ。特定の周波数を発生させることで害虫を駆除する装置があるだろう」

普段は言いっぱなしで終わることが多いのだが、今回は珍しくそれらしい案が田古部の口から出た。

だが、害虫駆除、という言葉に兼人の背筋はひやりとする。害虫という単語から連想しそうになるものを打ち払おうと視線を揺らすと、テーブルの向こうに座る深山と目が合った。斜め前に座る深山も何か思うところがあったのか、手元の資料には目もくれず、兼人を一心に見詰めて動かない。

（くっそ……何部下に心配されてんだ……！）

兼人は焦った表情を押し隠し、意味もなくパソコンのエンターキーを叩く。その横では、自分の思いつきに気をよくした田古部がまだ何か喋っている。

「今年もデング熱を媒介する蚊の駆除で病院は大変だったらしいじゃないか？　院内の植込みに殺虫剤を撒（ま）いたりして大々的に駆除していただろう。だったらそういう装置も売れると思わんか。ひとつの病院で結構な数もさばける」

蚊も害虫なら、蛾（が）やムカデだって害虫だ。害虫と分類される虫は山ほどいる。田古部がピンポイントでアレの名前を口にするとは限らない。そう自分に言い聞かせつつも、兼人の指は先程から忙しなくエンターキーを叩き続けている。

もしも田古部の口からアレの名前が飛び出したら、大人しくこの場に座っていることなどできないだろう。名前から映像が頭に浮かび、その瞬間きっと絶叫する。

（名前を聞いただけで悲鳴なんて、田古部に腹を抱えて笑われるぞ。その上ずっとネタにされる。そんなもん断固拒否する、絶対嫌だ……！）

秒速四回というハイペースでエンターキーを叩きながら、兼人は話題を変える機会を窺う。いつもなら田古部の話が長くなりそうなときはするりと割り込めるのに、今日に限って焦っているせいか上手くいかない。田古部がいつアレの名前を口にするかと思うと、背中に嫌な汗が浮いてくる。

田古部は誰からも止められないのをいいことに、べらべらと都合のいい予想を述べた後、さらに何か思いついた顔でテーブルを叩いた。

「感染症対策に限らず、家庭の害虫予防にもいいだろう。一般の市場でも売上が見込める。主婦にはいいんじゃないか？　夏場はよく出るもんな、ゴキ――」

最初の二文字が出ただけで、全身の毛がぶわっと逆立った。昼食を食べてすぐだったせいか、喉の奥からぬるいものがこみ上げてくる。

その話題が出たとしてもミーティング中では逃げられない、という追い詰められた状況と、いつくるか、いつくるか、と長いこと身構えていたのが悪かったらしい。自分でも想像以上の拒絶反応に驚いて、口元を押さえ椅子を蹴って立ち上がろうとしたときだった。

「周波数を発生することによって害虫を駆除する装置については、その有用性が疑問視され

ています！」

斜め向かいに座っていた深山が、いきなり大声を上げて立ち上がった。

田古部はもちろん、その場にいた全員が驚いた顔で深山を見る。普段あまり大きな声で喋らず、表情もほとんど変わらない深山がいきなり声を張ったので驚いたらしい。深山の隣で議事録をとっていた石川など、深山を仰ぎ見た体勢で硬直している。

兼人でさえもぽかんとして、椅子から立ち上がるのも忘れて深山を凝視する。驚きすぎて吐き気も引いた。

そんな中、最初に立ち直ったのは真っ向から己の意見を否定された田古部だった。あからさまに不機嫌な顔になり、相手の意見を拒むかのように胸の前で固く腕を組む。

「疑問視とはなんだ。君はその商品について何か知っているのか？　数学科ではそんなことも教えてくれるのか」

「ここ数日、個人的な理由で害虫駆除について調べました。その際、周波数発生装置も目に留まったので、幾つか論文など読んでみただけです。学校では教わっていません」

数学科云々という当てこすりじみた田古部の言葉に、深山は馬鹿正直な返事をする。それでますます田古部が不機嫌になることなど想像もできないようだ。

見る間に険悪になる田古部の横顔をハラハラと窺う一方、兼人は深山の言葉にまぎれ込んだ一言にひとり甚だしく動揺する。

（個人的に害虫駆除について調べたって……まさか俺のせいじゃないだろうな⁉　次は絶対虫が寄りつかないよう万全の準備をしておくとか言ってたのを実行しようとしたわけじゃないよな……⁉）

そんな馬鹿な、と思う反面、深山だったらやりかねないとも思ってしまった。

兼人の虫嫌いを深山が知ったのは土曜のことだ。日曜の朝には兼人と別れ、その後すぐ害虫対策について調べたのだろうか。せっかくの休日に何をしているのだと呆れるような、自分のためにすぐに動き出したのかと思うとむずがゆいような。

動揺して兼人が何も言えずにいる間も、田古部と深山の口論は続く。

「効果がないなら売られているはずがないだろう」

「効果がなくても販売されている商品なら山ほどあります。そのための消費者庁です」

「だったら効果を調べてから改めて検討すればいい。どうせ完全に効果がないとも言いきれないんだろう？　どちらにしろ君に頭から否定されるいわれはない。あれなら主婦にも売れるはずだ、何しろゴキ――」

「効果があるとしても！　その対象はネズミなどの小動物です。昆虫に関しては有効性を示す論文も見つけられませんでした」

田古部の言葉を、強い口調で深山が遮る。どうやら深山は、田古部にゴキブリと言わせないよう奮闘しているようだ。名前を聞いただけで兼人がパニックを起こすことや、虫嫌いを田古部にだけは知られたくないと思っていることを知っているからだろう。

(——……俺のためかよ)

ミーティングの最中に大声で発言するのも、真っ向から上司に食ってかかるのも、全部自分のためかと思ったら首筋が熱くなった。その熱が頬や耳にまで伝わりそうでわずかに顔を俯けると、同時にドッと脇腹に硬い肘をぶつけられる。

何かと思えば、横から田古部が兼人に肘鉄を食らわせたところだった。どうやら深山が口にした論文という単語に怯(ひる)んだらしい。自分の学歴にコンプレックスを抱えている田古部だ。下手に噛みついて返り討ちに遭うのは避けたいのだろう。横目で兼人を睨む目はぎらぎらして、黙らせろ、と言外に命じてくる。

このときほど、田古部の命令に背きたいと思ったことはない。

兼人には深山の真意がわかっている。だがこの場にいる他の者たちはそれを知らない。端から見れば、入社したばかりの新人が上司に食ってかかったとしか見えないだろう。

そして自分は、係長の田古部を補佐する主任だ。田古部が係長になってから、周囲の人間の反発をなんとか宥めようと努めてきた。今ここでそれを放棄したら、これまでの努力が水の泡だ。

非常に気が進まなかったが立場上仕方なく、兼人は低く深山をたしなめた。

「深山、いい加減にしろ。今のはたとえ話だ、本格的な導入を検討してるわけじゃない。人の話は最後まで聞け」

「そうだぞ、まだ右も左もわからん新人のくせに、人を批判することだけは一人前だな」

田古部が我が意を得たとばかり言い募り、本気で首を締め上げてやりたくなった。

（ミーティングが終わったら、深山には謝りに行こう……）

罪悪感で胸が痛んだものの、心の片隅では深山もそれくらいわかってくれるだろうという甘えがあった。お互い社会人なのだから、本音と建て前くらい弁えているはずだ。確かめるつもりで深山の表情を窺った兼人は、ぎくりと体を強張らせた。

眼鏡の向こうからこちらを見る深山の目が、やけに暗く淀んで見えたからだ。

ただの見間違いかもしれない。前髪で隠されがちな目元は表情がわかりにくい。けれど心臓を握り込まれた気分になって、思わず兼人が口を開いたとき。

深山がいきなり、直角に腰を折った。

「すみません、自分は……昆虫の類が一切駄目なんです」

突然の最敬礼に、その場にいた全員が目を丸くする。特に田古部はテーブルに身を乗り出し、わざとらしく耳元に手まで添えて尋ね返してきた。

「駄目、というのは？　苦手ということか？　そんな大きな図体をして？」

「そうです。苦手です」

「だったら、ゴキ――」

「単語を聞くのも無理です。本当に、勘弁してください」

深く頭を下げたまま深山は言う。

それは本来、兼人が口にしなければいけなかったセリフだ。だが、深山はそれを我が事のように言ってのけた。その後どんな反応が返ってくるか、容易に予想できただろうに。

室内に訪れた沈黙を破ったのは、それまで深山と対峙していた田古部の笑い声だった。

「本当に虫が駄目なのか！　名前を聞くのもできないくらい？　こりゃ参ったな！」

田古部はテーブルを掌で打ち、大袈裟(おおげさ)なくらい身をよじってゲラゲラと笑う。見れば深山の横に座っている石川もつられて苦笑を漏らしていて、他の人間も失笑を隠せない。

兼人の顔がカッと赤くなる。皆は深山を笑っているが、兼人はそれが自分に向けられた嘲笑のように感じる。現に深山が黙っていたら、きっと自分は悲鳴を上げて、こんなふうに笑い者になっていたのだ。そう思うと、罪悪感に呑み込まれそうになる。

深山は虫が苦手なわけではないのに。こんなふうに笑われなければならない筋合いなどないはずなのに、自分の代わりに恥を晒した。

訂正しなければ、と焦って掌を握り込んだら、深山が顔を上げてこちらを見た。主任、と呟く声が、田古部の笑い声にかき消される。

「私情を挟みました、すみません」

兼人に向かって深山がもう一度頭を下げ、ようやく田古部も笑いを収める。

兼人はどんな言葉を返せばいいのかわからない。

（謝るな、全部……俺のためだろう？）

深山にこんなことをさせるつもりなどなかった。すぐにでも本当のことを言うべきだと息を吸い込んだら、田古部が室内の視線を自分に集めるかのようにテーブルを叩いた。

「さて、馬鹿な話はこれくらいにして、来月の売上予測と工場の進捗はどうなってる」

田古部が声音を改め、室内の空気がサッと変わる。

兼人は驚いて田古部の横顔を見遣った。田古部のことだ、もっとネチネチと深山の弱点を嬲ってくるかと思ったのに、随分あっさり切り上げた。

自分が危惧するほど田古部も子供ではなかったかと思ったものの、田古部の横顔を見て兼人はその考えを切り捨てる。

田古部の目は、目標に届きそうもない売上予想を見ているとは思えないほど爛々と光り、口元に笑みまで浮かんでいた。上機嫌なその顔を見て、兼人は絶望的な気分になる。

（後からじわじわいたぶる気かよ……）

きっと田古部は、この先事あるごとに深山の虫嫌いを引き合いに出すつもりだ。そう思ったら今すぐ間違いを訂正したかったが、議題はもう次の内容に移っていて、一体どのタイミングで本当のことを口にすればいいのかわからない。

結局そのままミーティングは終わってしまい、集まったメンバーも三々五々会議室から去っていく。兼人は真っ先に深山を呼び止めようとしたが、深山の隣に座っていた石川がその肩を叩く方が早かった。

「深山、お前虫なんて怖いわけ？」

会議中は大っぴらに笑うこともできなかったのだろう。すでに語尾を笑いで震わせる石川に繰り返し肩を叩かれ、深山はどうということもなさそうに頷いた。

「ああ、怖い」

「マジか！　見た目によらねぇなぁ、他の奴らは知ってんの？」

「さあ、知らないと思う」

「他人事（ひとごと）かよ。お前なんか面白いな」

物笑いの種にされてなお平然としている深山がおかしかったのか、石川は深山の背中を叩きながら一緒に会議室を出ていってしまう。

いつもの兼人なら、そんな部下たちのじゃれ合いに割り込んでいくことなど造作もなかった。その勢いのまま、深山の言葉が真実でないことを打ち明けてしまえばいい。頭ではそう思うのに、どうしてか足が動かない。

兼人の足を竦ませるのは、ミーティング中に深山が見せた眼差しだ。田古部のフォローをした兼人に向けられた視線はどことなく暗かった。

（怒った、か……？）

主任という立場上仕方がない、などというのは言い訳で、やはりあのとき自分は深山の側に立つべきではなかったか。

だがそんなことをすれば田古部の機嫌を損ねるばかりでなく、部下たちの不満が噴出する引き金になりかねない。くれぐれもそうならないようにと部長直々に言いつけられている兼人としては、他に身の振りようがなかった。

（――どうすりゃよかったんだよ）

考えたところでわかるはずもなく、兼人は苦い溜息をつく。

その後、営業部のフロアに戻ってからもそれとなく深山に声をかけるタイミングを探してみたが、今日に限って深山の周りに人が来る。どうやら石川が面白がって深山の虫嫌いを皆に吹聴して回ったらしい。

チラチラと横目で深山を窺いながら仕事を続け、ようやく深山がコピーに立ったと思ったら、今度はタイミングを見計らったかのように深山と同期の営業アシスタントがコピー機の前にやってきた。彼女も深山が虫を嫌っている話を聞いたらしい。

珍しく女子社員と話し込んでいる深山の後ろ姿を見て、兼人は落ち着かない気分になる。今すぐ二人の間に割り込んで、深山の首根っこを摑み謝罪したい。だがなぜか、それは石川と深山がじゃれているところに乱入する以上に気が咎めた。

一度タイミングを逃すとなかなか次の機会を得られず、深山も今日に限って残業もせず帰宅してしまい、結局ミーティングの後、兼人は一度も深山に声をかけることができなかったのだった。


翌日、兼人は朝から客先に直行し、早目の昼食を済ませてから会社に戻った。

コートの裾を翻し、師走の街を足早に歩きながら胸ポケットの携帯に手を伸ばす。着信があったような気がしたのだが、ディスプレイには何も表示されていない。昨日から何度目だと、兼人は苦々しくポケットに携帯を押し戻した。

昨日は仕事が終わったら、真っ先に電話で深山に謝罪をするつもりだった。だが、仕事帰りに急遽部長と同僚の三人で飲みに行くことになり、そのまま日付を越えてしまった。もしや深山の方から何かリアクションがあるのでは、と居酒屋で何度も携帯を確認したが、深山からの連絡はなかった。

帰宅後、ようやく深山のアドレスを開いたものの、深夜に込み入った話をするのもどうかと思い、最終的になんの連絡もせず布団にもぐり込んだ。メールを送ってもよかったが、微妙なニュアンスは文字では伝わりにくい。想いが湾曲して伝わってしまうくらいなら、翌日直接話をした方がいいと思った。

(明日はあいつと約束してるし、待ち合わせ場所の連絡でも来ると思ったんだけどな……)

深山からのメールに返信する形なら少しは気も楽だと目論んだのが失敗だったか。昨日飲みに行く前に一言だけでも連絡をしておくべきだったと、雑踏を歩きながら兼人は詮ないことを考える。

こんなふうに後手に回ってしまうのも、なかなか踏ん切りがつかず行動を起こせないのも兼人にしては珍しいことだ。何事もフォローは早い方がいいと信じて実行してきたはずが、今回に限ってどうも動きが鈍い。

理由はなんとなくわかる。皆の前で兼人が田古部の肩を持ったことを深山が怒っているのではないかと思うと、それを確かめるのがひどく億劫になるからだ。

（営業に回されたばかりの新人でもあるまいし……）

自社ビルに入り、エレベーターに乗り込んだ兼人は自分で自分を笑い飛ばす。営業なんてやっていれば客先に叱り飛ばされることなんてしょっちゅうだ。怒鳴られることも珍しくない。新人の頃はフォローの電話を入れるのに気後れした。時間を置くほど事態が悪化するとわかっていても、少しでもそのときを先延ばしにしたかった。

深山への連絡が滞っているせいか、当時の心境をやたらと鮮明に思い出す。早くしなければ、と焦る思いと、正面から悪感情をぶつけられることに対する不安がせめぎ合って、グズグズとその場から動き出せない。

エレベーターが営業部のフロアに到着する。扉が開く瞬間、軽く息を詰めてしまった。だがエレベーターホールには誰もおらず、兼人は疲れた顔で息を吐く。

一瞬だけ、深山がそこで自分を待っているかもしれないと思ってしまった。以前、兼人が外回りから戻ってくるのをこの場所で待っていたことを無意識に思い出していたらしい。

深山の思い詰めた、少しばかり異様な行動をいつの間にか受け入れ始めている自分の頭を軽くはたき、兼人は勢いをつけてエレベーターを降りる。

営業部のフロアは人気がなくがらんとしていた。皆昼食をとるため出払っているらしい。深山の席も無人で、兼人はまたぞろ溜息をついて自席へ向かう。

パソコンを立ち上げメールをチェックしていると、石川がコーヒーを手に戻ってきた。

「あ、主任お疲れ様です」

「おう、お疲れ。……あのさ、深山は？　飯？」

「はい、今日は佐野さんたちと外に食いに行ったみたいですよ」

不要なメールをザクザクと削除していた兼人は、佐野？　と裏返った声を出す。

佐野は兼人より二年ほど後輩で、アウトドアスポーツをこよなく愛し、年中日焼けしている体育会系の男だ。今年の正月休みもスキーに明け暮れると言っていた。深山とは見た目からしてほとんど接点はなく、これまでもさほど親しくしているふうには見えなかったが。

驚きに目を瞠る兼人の表情を読んだのか、石川は兼人の隣の席に着くなり言い添えた。

「昨日のミーティング、佐野さんも出てたじゃないですか。それで深山のこと面白がって、ミーティングの後すぐ今日の昼飯食いにいく約束してたんですよ」

言われてみれば、昨日のミーティングには佐野もいた。田古部に無理難題を吹っかけられて仏頂面をしていたことも思い出し、兼人はその場で頭を抱える。

（そういえば佐野にコーヒーおごってやろうと思ってたんだった……何してんだ、俺……）

深山のことに気をとられ部下のフォローをおろそかにするとは。デスクに突っ伏し深々とした溜息をつくと、主任、と石川が気遣わし気な声をかけてきた。

「どうしたんですか。頭でも痛いんですか？　俺頭痛薬持ってますけど、使います？」

兼人は机に倒れ込んだまま、顔だけ巡らせて石川を見上げる。兼人の返事も聞かずデスクの引き出しから頭痛薬を取り出した石川を見て、兼人は目を細めた。

「お前、頭痛持ちなの？　いろいろ気を遣ってんだな……」

「気を遣うっていうか、眼精疲労です。上司が人使い荒いんで」

「俺のこと言ってんのか？」

「まさかぁ、主任は今日中に仕事上げてこいって鬼みたいなこと言うときも笑顔ですし、とどめのようにやり直し食らわせるときも滅茶苦茶いい笑顔ですし、ああ本当に優しいなー」

「言葉にまったく心がこもってとらんだろうが」

兼人は素早く身を起こすと石川の短く刈り込んだ頭をぐりぐりと撫でる。芝のような感触が心地よく、ケタケタと笑う石川の首根っこを摑んでさらに頭を撫でていると、ふっとデスクに影が落ちた。

背後に大きなものが立ったのを察して、振り返るとそこに深山がいた。

深山は外から帰ってきたばかりらしい。眼鏡の奥からこちらをジッと見る視線に気づき、兼人は慌てて石川の首に回していた腕をほどいた。

深山は自分の席に戻る途中で兼人の背後を通りかかっただけらしく、兼人と目が合うと軽く会釈をして静かに椅子に腰かける。それきりこちらを振り返る様子もなく、兼人はそわそわと首筋を掻いた。

(あれ……前に同じようなことがあったときは、凄いプレッシャーかけられた上に資料室に連れ込まれたけど……)

また自分をどこかへ連れ去る口実でもこしらえているのかと思ったが、深山は黙々とメールの整理などしているようだ。肩透かしを食らったようでいつまでも首筋から手を離せないでいると、深山の席に営業アシスタントの女性がやってきた。

「深山君、お昼休みに入ってすぐお客さんから電話あったよ。折り返し連絡欲しいって」

メモ用紙を手にやってきたのは深山の同期だ。礼を言ってメモを受け取ろうとした深山から、相手はハッとした顔でメモを遠ざける。

「あ、ごめん、このメモ蝶々の絵とか描いてあるけど、平気?」

「……ああ、うん、大丈夫」

一瞬何を気遣われたのかわからないような顔をしたものの、前日虫嫌いを公言したことを思い出したのか、深山はしっかりと頷いて大きな手を差し出した。その手を束の間見下ろしてから、女子社員はそっと深山の掌にメモ用紙を置く。

「リアルな虫以外は平気なんだ？　何か特別嫌いな虫がいるとか？」

「強いて言うなら、硬い奴、だと思う」

「なんで自分のことなのに推測形？」

深山の同期は楽しそうに笑って、あれ、と深山の胸元を覗き込んだ。

「深山君がつけてるそのネクタイさ……もしかして、シグマの柄？」

石川にちょっかいを出すふりで深山たちの様子を横目で窺っていた兼人は、その瞬間、深山の背中が硬直したような気がして自分も息を詰めた。

言葉もなく深山が頷く。たちまち女子社員が声を立てて笑った。

「やっぱり！　面白い、どこで売ってるの？　遠くからだと全然わかんないね。ていうか近づくまでレオパードにしか見えなくて大丈夫なのかなって思ってたんだけど」

（いやそれは大丈夫じゃないだろ……）

兼人も一瞬ちらりと見えたネクタイが豹柄（ひょうがら）のようで気にはなっていた。実際は違っていてもそう見えるだけで大分問題だと思いつつ、兼人はこそっとパソコンの検索サイトに「シグマ」と打ち込んでみた。

現れたのは見覚えがあるΣの記号で、高校のときに数学で習った微かな記憶が浮上した。

それにしてもよく気がついたものだと、兼人は肩越しに二人の様子を窺う。深山は女子社員に向かって、以前兼人にしたのと同じような説明を繰り返している。数学者が立ち上げたブランドという点に興味を持ったのか、相手も熱心に相槌を打っているようだ。

深山の口調は滑らかだ。あまり会社では喋らない方だと思っていたのだが、自分の好きなことになると口数が増えるらしい。昼休みが終わるまで二人の会話は続き、兼人はまたしても深山に声をかけるタイミングを失ってしまう。

女子社員が席に戻るなり、今度は客先に折り返しの電話をかけ始めた深山の動向を背中で探り、兼人は緊張で強張った首筋を揉みほぐす。どうやら深山に自分をどこかへ連れ込むつもりはなさそうだ。

自分以外の人間と口を利いてほしくないなどと無茶なことを言われるよりはずっとマシだが、なぜか兼人は首筋に置いた手を離せない。なんとなく、首の後ろがスースーと涼しい。

（少しは、落ち着いてきたのか……？）

兼人が誰かと喋っているくらいで目の色を変えるのはやめたのだろうか。それはありがたいことだ。そのはずだ。それなのに。

物足りない。そんな言葉が胸に浮かび、兼人は無理やり首筋から手を離した。

（違う、間違えた、そうじゃなくて……）

口元で指を組み、それらしい言葉を必死で探していると田古部に呼びつけられた。

「斉賀君、ちょっといいか」

顔を上げると、田古部が自席から兼人を見ていた。言葉こそ確認の形をとっていたが、田古部は兼人の返事も待たずに立ち上がり、どこかに行くそぶりで手招きをする。こちらの都合などお構いなしなのは慣れっこなので、兼人も黙って席を立った。

田古部に連れられてやってきたのは誰もいない会議室だった。長テーブルの周りに並んだパイプ椅子に腰を下ろすなり、田古部は低いゲップをする。昼食は何を食べたのか、向かいに座った兼人の元にまでニンニクのような強烈な匂いが漂ってきて、兼人はかろうじて眉を顰めるのを堪えた。

「悪いね。早速だが、深山君のことなんだが」

兼人の肩が小さく震える。ここで深山の名が出るとは思わなかった。まさか昨日のミーティングで反論されたのを根に持って、深山に何か仕掛けようとしているのか。兼人は身を硬くする。だが。

「深山君から有給申請はあったか？」

転がり出たのは非常に事務的な内容で、兼人は口を半開きにする。

「……え、いえ……特にありませんが……」

「まだなのか。きちんと申請するよう言っておいたんだが」

「もしかして……深山の奴全然有給とってないんですか？」

兼人の勤める会社では、年初に与えられた有給は必ず年内に消化しなければいけないという規定がある。使いきれなかった分は翌年に持ち越されるのだが、それをやると上司の査定に響くのだ。新卒にブラック企業と呼ばれぬための、涙ぐましい企業努力である。

田古部が大きな溜息をつき、室内にまたうっすらとにんにくの匂いが広がった。

「きちんと君に申請するよう言っておいたんだがな」

「……ちなみに、申請の方法は教えましたか？」

極力息を吸わないようにして尋ねると、田古部は何を思い出したのか、馬鹿にしたように鼻先で笑った。

「有給を消化しろと言ったら、どこから見つけてきたんだか休職の申請用紙を持ってきてね。すっかり呆れて教える気も失せた。だから君に訊くよう言っておいたんだが」

「それは、さすがにフォーマットくらい教えてやらないとわからないのでは……」

兼人はやんわり田古部を諫（いさ）めようとして、途中で声が途切れた。

（休職の申請用紙……？）

それなら深山に見せられたことがある。あれは忘年会の直後で、深山にいきなりキスをされて間もない頃で、それで兼人は大いに動揺したのだ。自分が深山の想いを拒絶したから、それで思い詰めて深山は会社を辞めようとしているのではないか、と。

(あっ……そういうことか⁉)

今更深山が休職申請書など持ち出した本当の意味を知り、兼人は愕然と天井を仰いだ。

ならば深山は最初から会社を辞める気などなかったのだ。それなのに、自分が勝手に勘違いして、事を大きく見積もって、それで今に至るというのか。

(じゃあ、あいつも俺が勘違いしてることわかってて交換条件出してきたのか……！)

抜け目のない深山の言動に気づき、一瞬本気で田古部の存在を忘れ呆然と天井を見詰めてしまった。さすがに不審に思ったらしい田古部に声をかけられ、慌てて姿勢を正す。

「まあ、有給の件は君から深山君に言っておいてくれ。それで、ここからが本題だが」

深山の件は話の接ぎ穂でしかなかったらしく、田古部は珍しく言葉を選んで切り出した。

「……君、明日は何か予定が入ってるか？」

まだ自分のやらかした痛恨のミスから立ち直れずにいる兼人は、はあ、と気の抜けた相槌を打つ。明日は祝日だ。田古部に予定を訊かれる理由がよくわからない。

「……何か急な案件でも入りましたか？」

「いや、そうじゃなく、よければうちで夕飯でも食べないか？」

はい、と軽く頷こうとして、兼人ははたと思いとどまった。顔を上げ、思わず田古部の顔を凝視する。これまで田古部には、食事はおろか飲みに誘われたこともない。それが急に家に招かれるとは何事か。

怪訝(けげん)な表情を隠せない兼人を見て、田古部はわざとらしく咳払いをした。

「まあ、なんだ、うちの家内が餃子(ギョーザ)を焼くのに凝っていてね。最近週末は大量に焼き上がるから、消費に貢献してもらおうと思ってな」

「わ、私がですか……？　食欲旺盛な者なら他にもいますが……」

事情が呑み込めずすぐには頷けない兼人に焦れたのか、田古部はテーブルの中央に顔を突き出し、兼人にだけ聞こえるよう声を潜めて言った。

「去年、社員旅行があっただろう。あのときの写真をうちの娘が見てね。君を大いに気に入ったらしい」

「は……っ？　あの、娘さんって、お幾つの……」

「十九。現役女子大生だ」

どうでもいい情報をつけ加え、田古部はにぃっと唇の端を持ち上げる。

田古部の声とともにまたしてもにんにくの匂いが迫り、兼人の混乱は弥増すばかりだ。じりじりと田古部から距離をとり、喘ぐように声を上げる。

「あの、それで、私は娘さんとご飯を食べればいいんですか……？」

「まあ娘も同席するかもしれないな。そのときは少し話をしてやってくれ」

それはつまり、どういうことなのだろう。

田古部は兼人に自分の娘を紹介する気なのだろうか。紹介というのは額面通りに受け取ってしまっていいものか、それとも何か深い意味があるのか。

なかなか結論が出せず二の句が継げない兼人に気づいたのか、田古部が豪快に笑った。

「何をそんなに緊張してるんだ！　別に見合いをしろと言ってるわけじゃない。娘が君に会いたがっていたから、顔を見せてやってくれと言ってるだけだ」

「そ……そうでしたか」

「まあ、なんだ……最近娘がろくに口を利いてくれなくてね……。この前やっと口を開いたと思ったら君の話だ。君の写真を見て大はしゃぎしていたよ」

ようやく話の全貌が見えてきて、兼人は力なく「そうですか」と呟いた。

つまり田古部は、娘の気を引く道具に自分を使おうとしているのだ。

「お前が欲しがっていたおもちゃを買ってきてやったぞ」と言うのと同じように、「お前が気にしていた部下を連れてきてやったぞ」と兼人を披露しようというのだろう。

公私混同もいいところだ。げんなりと肩を落とした兼人は、明日は深山との約束があることを思い出し、娘について語り続ける田古部の言葉を慌てて遮った。

「係長、申し訳ないんですが明日はもう予定が入っていて……」

「なんだ、誰とだ？」

「いえ、あの……友人、なんですが」

深山の名前を出すのは憚（はばか）られて言葉を濁すと、田古部は不機嫌そうに眉根を寄せた。自分の申し出を断られるなど想定もしていなかったのだろう。

「断れないのか」

「それは……無理です、すみません」

「何時からだ？　こっちは家内に餃子を作るよう頼んでしまったんだぞ」

そういうことはこちらの予定を訊いてからにしてほしかった。辟易しつつ、兼人は曖昧な返事をする。

「その、時間はまだ決まってないんですが……」

「だったらその相手とは午前中に会えばいいだろう。うちには六時頃来てくれて構わない」

兼人は力一杯舌打ちしたくなる。やはり昨日のうちに深山に連絡を入れ、謝りがてら明日の予定を聞いておくのだった。そうしておけば、こんなふうに田古部に理不尽な予定調整を命じられることもなかったのに。

「まあ、うちの家内が作る餃子はなかなか美味い。楽しみにしておいてくれ」

兼人が反論を言いあぐねているうちに、田古部は兼人が納得したものと見て席を立ってしまう。呼び止めようにも、言葉がなかった。どれほど食い下がったところで田古部が自分の要求を曲げるとは思えない。

田古部とともに会議室を出ると、兼人は田古部に断りひとり給湯室へ向かった。

水道とコーヒーサーバーがあるだけの狭い給湯室にやってくると、兼人は壁に凭れかかって盛大な溜息をつく。

(何やってんだ、もう……)

深山が差し出した休職申請書に動揺し、とんでもない要求を受け入れて、そうかと思えば上司の強引な申し出を断りきれず、深山との約束を反故にしようとしている。

(でも、午前中だけならなんとか……。そもそも深山に会社を辞める気がないのなら、これ以上恋人ごっこなんて続ける意味あるのか……?)

とはいえ下手に深山の要求をのけ、代わりに新しい要求を呑まされる羽目になったら藪蛇だ。意外と深山は抜け目ない。ここは大人しくしているべきか。

(……明日は夜から予定が入ったって、深山に謝らないとな)

深山はどんな顔をするだろう。また熱心にプランを考えていたかもしれない。わかりやすく落胆して、追いすがってくる可能性もある。もしかすると、明日が無理ならこれから飲みに行こうなんて強引に誘ってくるとも限らない。

(それならそれで……)

無自覚にこの後の仕事の段取りを考えている自分に気づき、兼人は後頭部を壁に打ちつけた。

傷みで一瞬思考が途切れる。直後、頭の中をごちゃごちゃと言い訳めいた言葉が駆け巡ったが、それらを無視して兼人は目を閉じた。

どうやら明日の予定がふいになり、落胆しているのは深山よりも自分の方のようだった。

自席に戻ってからも、兼人はなかなか深山に声をかけることができなかった。仕事とは関係のない話なので大っぴらに呼び出すのも憚られ、だからといって皆の前で話せる内容でもない。

深山が席を立ったときにでも声をかけようと思っていたのだが、他の者に声をかけられたり電話が入ってしまったりして、終業時間間近になっても深山と口を利けないままになっていた。

営業アシスタントたちがちらほらと帰り支度を始める頃、兼人はようやく腹をくくる。まずは深山をこの部屋から連れ出そう。そう決心した兼人の隣で、すでに帰り支度を終えた石川が席を立った。

「深山、まだしばらく仕事終わんなそう？」

兼人の背中に緊張が走る。

背後で深山が曖昧な声を上げ、自然と耳が集中した。

「いや、もう少し……」

「だったらこれから飲み行こうぜ。明日休みだし。高橋と、あと原田さんも来るんだよ」

耳に意識を集めすぎて、グッと耳の端が後ろに動いた気がした。

原田は昼休み、深山のネクタイがシグマの柄だと気づいた人物だ。深山が椅子を回して石川を振り返ったらしく、声が前より鮮明になった。

「構わないけど……あと三十分くらいかかるぞ」

「だったら先に行ってる。店はもう決まってるから」

「急に行って大丈夫なのか?」

「別に予約してるわけじゃないから大丈夫だろ。それに……」

石川がふいに声を落とした。兼人はキーボードを打つ手を止めて息さえ潜める。石川は小声で、「原田さんがお前のことも呼ぼうって言ってくれたんだぜ」、と言った。

学生時代を引きずった、初々しくも甘酸っぱい空気。本来なら微笑(ほほえ)ましいその空気に、兼人はどうしてか肌を切りつけられた気分になる。深山の返答が気になって、キーボードの上に置いた指が微かに震えた。

深山はしばし沈黙してから、そう、と平淡な声で呟いた。

「じゃあ、行ってみようかな」

その瞬間、強張っていた背中から力が抜けた。ああ、行くのか、と思ったら唐突な脱力感に襲われる。これで今夜はもう深山と連れ立ってどこかに行くこともなさそうだ。

さんざん気を張っていた自分が馬鹿馬鹿しく、兼人は小さく笑うと椅子を回した。まだ石川と何か話している深山の背中に声をかける。

「深山、飲みに行く前にちょっと打ち合わせしたいことがあるんだけど、いいか」

肩越しに深山がこちらを振り返る。告白されてからというもの、あんなにも感情を反映しやすいと思っていた深山の目が、今の兼人にはよく見えない。前髪に隠され、縁の大きな眼鏡に守られて、何を思っているのか定かでなかった。

「打ち合わせって、ここでですか?」

「いや、場所変えよう。会議室か、空いてなかったら商談室でもいい」

「わかりました。じゃあ石川、後で……」

石川に一言告げて、深山はメモ帳とペンを手に席を立つ。兼人も立ち上がって部屋の入り口に目を向けた。途中、パーテーションの向こうから原田がチラチラと深山の様子を窺っているのが目に入った。

(……深山のことが気になって仕方ないって顔だな)

深山が虫嫌いを公言してからというもの、深山に対する社内の視線が変わってきている。以前は表情の読めない扱いづらい人物とされていたようだが、今はそれにちょっとした面白味が加わっている。大きな体に似合わず虫が怖い、というのがいいギャップを生んだらしい。皆に毛嫌いされている田古部を真っ向から批判したのもよかったようだ。確実に好感度が上がっている。

中には改めて深山の顔を見て、思いがけず精悍な顔立ちに気づいた者もいるかもしれない。

フロアを横切る深山の横顔をずっと目で追っている原田もその口か。

自分がやけに苛ついていることに気づいて、兼人は意識して大きく深呼吸をする。幸い会議室は誰も使っておらず、室内に入ると兼人は早速話を切り出した。

「実はな、明日予定が入った」

パイプ椅子に手を伸ばしていた深山が振り返る。後から部屋に入った兼人は、扉に背中を預けて腕を組んだ。

「係長の誘いで、飯を食いに行くことになった。最初は断ったんだが……すまん、断りきれなかった」

深山は屈めていた身を起こすと、ドアを背に立つ兼人と向かい合う。

二人だけの密室で、また強引に迫られるのではと思ったら自然と体が身構えた。午前中なら時間があると慌てて言い添えようとしたら、深山がぽつりと言った。

「……そうですか。わかりました」

平淡な声に、兼人は思わず組んでいた腕を緩める。

もっと恨みがましい目で追いすがられるかと思ったのに、深山はそれ以上のことを言おうとしない。それどころか、時間を気にしたふうに腕時計に視線を落とす。

「打ち合わせって、そのことですか?」

「まあ……他に言いようがないだろ、あの場所じゃ」

確かに、と頷いて深山がこちらを見る。眼鏡の奥の目が翳って見えない。前はもっとよく見えたのに。会議中に田古部の肩を持った後ろめたさが兼人の目を曇らせるのだろうか。それとも、こちらを見る深山の目からあの熱量が引いてしまったのか。

昼休み、原田にネクタイの柄を指摘され、口調も滑らかにブランドの説明をしていた深山を思い出したら、喉元に魚の小骨が引っかかったような痛みが走った。

（こいつが俺のこと気にし始めたのって、なんでだっけ……）

一から仕事を教えてくれたとき、と深山は言っていた。その程度のことで、と思ったが、人間なんて案外単純だ。

だから、気に入ったネクタイの柄を褒められただけで気持ちが傾いてしまうようなこともあるのではないか。それが愛してやまない数学に由来するものなら、特に。

兼人はひとつ咳払いをするが、喉に刺さった小骨のような痛みはとれない。代わりに、深山に問い詰められたら口にしようと準備していた言葉が転がり落ちる。

「係長の奥さんが、餃子作りにはまってるらしくてな……毎回大量に作るから、消費に貢献してほしい、なんて言われて……」

求められてもいない説明は、虚しく室内に響いて消える。深山は小さく頷いただけで何も言わない。表情の変わらないその顔に焦れ、言う予定のない言葉まで口から飛び出した。

「娘さんを、紹介したいらしい」

伏し目がちに兼人を見下ろしていた深山が瞬きをする。瞳は動かない。深山の目はもっと表情が豊かだったはずなのに。兼人は一心にその目を覗き込む。

「深い意味はないらしいんだけどな。でも、多少は……見合いみたいな……？」

そうでないことは兼人が一番よく知っている。けれどわざと深山を煽るようなことを言ってみた。動揺したり激怒したり、とにかくあの熱を帯びた目で自分を見させたかった。

室内を沈黙が満たす。耳が痛くなるような静寂の中で、自分の心音がひどく狂っているのがわかる。土曜の夜はあんなにも熱のこもった目で自分を見詰めてきたくせに、深山のこの冷え冷えとした表情はなんだろう。

自分が田古部の肩を持ったから幻滅したか。それとも、原田に好意の目を向けられて心が揺らいだか。

ふいに思い出したのは大学生の頃。自分に好意を寄せているとばかり思っていた相手が、あっさり自分の友人と恋仲になったときのことだ。

自分なんかに振り向いてくれるはずがないと最初からわかっていたと、そう言って彼女は別の相手の手を取った。兼人が惹かれていたのにも気づかずに、勝手に自己完結して、勝手に諦めて。

深山もそうなのだろうか。

急に我に返って、男同士なんて先がないと気がついて、それで身近にいた、わかりやすく好意を向けてくる相手の手を取ろうとしているのだろうか。

腹の奥にじわりと黒いものが広がって、兼人は低く呟いた。

「……罪滅ぼしに、何かしてやろうか?」

眼鏡の奥で深山が瞬きをする。意味を捉えかねたのか、わずかに首を傾げた深山に兼人は押し殺した声で続けた。

「約束を反故にした詫びに、なんでもひとつ、言うこと聞いてやるよ」

以前、深山が休職の申請書を持ってきたときに口走ったのと同じような言葉を繰り返してやった。今度はかけ値なしに相手の要求を呑むつもりで。

あのとき深山は、だったら抱かせてくださいととんでもないことを言った。今度は何を言うだろうと挑む思いで待っていると、深山はしばしの沈黙の後、緩く首を横に振った。

「係長からの誘いなら、断れないのは当然です。あまり気にしないでください」

激情など欠片もない、静かな声で深山は言う。実に常識的な返しではあったが、石川とじゃれていただけで資料室に連れ込まれたことを思い出すと、不安とも不満ともつかない感情が生まれた。寄り添った体を押し返された感覚で、ついつい深山に食い下がる。

「キスぐらいならしてやってもいい」

「……ここでですか? 会社ではそういうことをしない方がいいのでは……」

「前に資料室で自分が何したか覚えてないのか」

「反省してます。だからしません」

きっぱりと断られて、どうしてか声が詰まった。深山の言い分はもっともだが、そんなに冷静に割り切れる男ではなかったはずだと心の声が大騒ぎする。

少し前まで深山はもっと必死で、なりふり構わなくて、好きで好きで仕方がないという目で自分を見ていたはずなのに。

触れたい、キスがしたい、もっと近くで、もっと欲しいと、深山の瞳はいつも強欲だった。あれはどこにいったのかと、兼人は乱暴に深山のネクタイを摑んで引き下げる。

不意打ちに対応しきれなかったのか、深山の大きな体が傾いた。なおもネクタイを引くと深山の顔が目の前に迫る。眼鏡の奥の目が、さすがに驚いたように見開かれる。

その目に熱が灯る瞬間が見たい。兼人はネクタイを握りしめる指に力を込める。

唇に吐息が触れる。その直後、深山の大きな手が兼人の肩を摑んで押した。

「……何するんです」

兼人の背中をドアに押しつけ、深山は素早く互いの距離をとった。

兼人の指先から深山のネクタイが引き抜かれる。その指先の形のまま、兼人は身じろぎもできなかった。これまでは隙あらば自分からキスを仕掛けてきたというのに、深山の変化は一体なんだ。自分でも驚くほどに動揺する。

深山は兼人から顔を背けて眼鏡を押し上げると、掌の下で溜息のようなものをこぼした。

言葉にもならないそんなものに、ざっくりと胸を抉られた気がして兼人はとっさに下を向く。まともに深山の顔が見られない。

「……話は、それだけなんですよね?」

尋ねられ、わずかに頷くことしかできなかった。

一度距離をとった深山が再び兼人に近づいてくる。視界の端に深山の手が映り込みどきりとしたものの、その手は兼人が背中を押しつけているドアのノブを握っただけだった。

言外に、どいてくれ、と促されていることを察して兼人は壁際まで体をずらす。深山はドアを開けると、お疲れ様です、と他人行儀に言い置いて部屋を出てしまった。

ひとり会議室に残された兼人は、壁に背中をつけたまましばらく動けなかった。

ビルの中は空調が効いて、適度な温度が保たれているはずなのに、足元からしんしんと冷えて体が凍える。

田古部のせいか、原田のせいか、理由などもうどうでもよかった。確かなことは、深山はもう以前のように自分を見ないということだ。

イルミネーションに向かう人ごみの中で耳まで赤くして手を繋いできたり、嫉妬も露わに会社でキスを迫ってきたり、兼人の訪問を心待ちにして丁寧に準備を整えたり、そういうことをもう、深山はしないのだろう。

欲しい欲しいと、濡れたような熱い眼差しで訴えられることも、きっとない。

それは非常に喜ばしいことだ。同性の部下に迫られるなんて状況の方がどうかしていた。年の瀬を前に、ようやく日常が戻ってくる。素晴らしい。快哉を叫ぼう。

それなのに。

(——……なんだっていうんだよ、畜生!)

兼人は両手で顔を覆って、体を深く二つに折る。そうしていないと喉の奥からひしゃげた声が漏れてしまいそうだった。

喜ぶべき場面で、どうして自分がこんなにも動揺しているのかわからない。深山の考えることなど手に取るようにわかると思っていた数日前の自分がやけに遠い。

胸の内で荒れ狂う憤りが、傲慢だった自分に対してなのか、急に態度を翻した深山に対してなのかすら判断がつかず、兼人は額に押しつけた指に力を込めた。

爪の先がガリッと皮膚を抉る。だが痛みはない。

今はただ、胸の内側をかきむしるものを鎮めるのに躍起で、皮膚の上を走る痛覚など、ひどく曖昧なものだった。

翌日、兼人は田古部に言われた通り、夕方の六時に田古部の自宅を訪れた。

田古部の家は一軒家だ。奥方と思(おぼ)しき女性に出迎えられて、玄関先で手土産(てみやげ)のケーキを手渡す。恐縮されながら居間に通されると、田古部がソファーでくつろいでいた。いかにもこの家の主といった堂々とした風情で。

「本日はお招きいただきありがとうございます」

「そういう堅苦しい挨拶はいい。座ってビールでも飲みなさい」

ガラス天板のテーブルにはすでに数品のつまみが用意されている。L字のソファーの短くなった方に腰を下ろし、兼人はまず田古部のコップにビールをついだ。

「広いお宅ですね」

「まさか。狭くて妻には文句ばかり言われる。庭だって猫の額だ」

「都内に庭つきの家が建てられるなんて、私からしたら夢みたいな話ですよ」

田古部はまんざらでもない顔をして兼人に返杯してくる。ビールを口に運びながら、兼人はコップの内側で微かな溜息をついた。

せっかくの休日だというのに、上司の家で気を遣いながら食事をする羽目になるとは。

そもそも田古部とは共通の話題などほとんどない。沈黙が続かぬよう、兼人は目についたものをとにかく褒める。田古部は兼人の言葉に機嫌よく相槌を打つばかりで、自分から話題を振る気はないらしい。

(深山の部屋はこうじゃなかったな……)

トマトとモッツァレラチーズを交互に重ねた皿に箸を伸ばしながら、ついそんなことを考える。深山はもっと素朴な、野菜を切って煮込むだけのポトフを真っ先に振る舞ってくれたが、外を歩いてきた兼人にはホッとする温かさだったものだ。

さすがに褒め言葉も底をつき、会話が途切れてきた頃餃子が運ばれてきた。

新しいビールを持ってきた田古部の妻に「手作りの餃子なんて凄いですね」と声をかけると、曖昧な笑顔が返ってきた。それだけで、これはあまり歓迎されていないな、と兼人は察する。きっと田古部はほとんど無理やり家族の了解をとって兼人を家に招いたのだろう。

田古部との会話も弾まず、苦いビールをちびちび飲んでいると、リビングのドアが乱暴に開かれた。

「ただいまー。お母さん、お腹減った」

小学生のようなセリフとともに部屋に入ってきたのは、長い髪を肩に垂らした女性だった。これが田古部の娘だろう。

田古部の娘は来客がいるとは夢にも思っていなかった顔で、兼人を見るなり部屋の入り口で硬直した。

兼人は微苦笑を浮かべ、お邪魔してます、と会釈をする。田古部の娘はわずかに顎を引くようにして会釈を返すと、勢いよく廊下に飛び出してしまった。と同時に、廊下の向こうに遠ざかっていく声が兼人の耳を打つ。

「お母さん……！　なんで、なんであの人……!?」

兼人はちらりと田古部に視線を送る。田古部は少し居心地悪そうにソファーに座り直し、前髪が後退した額を爪の先で掻いた。

「娘さんに私が来ることは言ってなかったんですか?」

「あー……まあ、そうだな。あいつは少し驚きすぎだな。ちょっと様子を見てこよう」

ギッとソファーを軋ませて田古部が立ち上がる。廊下に出ていく田古部を横目に、兼人は餃子をつまんだ。

皿の端に置かれていた餃子は焼きたてのはずだがひやりと冷たく、口の中でシャリ、と氷が砕ける音がした。冷凍だなぁ、と思っていると、廊下の奥から田古部と娘の押し殺した声が聞こえてくる。

「どうした、せっかく斉賀君に来てもらったのに……」

「だから! 本当に呼ぶなってあれほど言ったでしょ! 信じらんない!」

「でもお前、斉賀君のことが見たいって……」

「本気なわけないじゃん! もうホントやだ! お父さんどうしていつもそうやって人の話聞かないわけ!? 本当に来られたって困るに決まってるでしょ!」

兼人が世辞を言ったほど田古部の家は広くない。壁も思ったより薄そうだ。兼人は黙って冷たい餃子を咀嚼(そしゃく)する。

田古部の娘の反応は、別段珍しいものではなかった。むしろよくあることだ。

遠くから兼人に黄色い声を上げておきながら、いざ周りの人間にセッティングされ兼人と向き合うと途端に顔色を失う者は多い。それで大抵、後でセッティングした人間に八つ当たりをするのだ。そんなことを望んだつもりはなかったと。

（あくまで俺は、観賞用だからさ）

遠くで見ているのがちょうどいい、と多くは言う。あんな見た目が完璧な人の彼女になったら大変そう、だの、眠るときまで化粧してないと怒られそう、だの。華美な花から漂う香りが遠くへ拡散されるように、勝手なイメージばかりが先行していく。

（近づいてみろよ）

機械的に口を動かしながら兼人は思う。

もしかするとその花は、水を求めてしおれているかもしれないのに。

「……なんだっていうんだ、まったく」

冷たい餃子を飲み込んだら、田古部が仏頂面で部屋に入ってきた。先程までの上機嫌から一転して、乱暴にソファーに座り込む。廊下の向こうから人の気配は伝わってこない。田古部の娘は別の部屋へ行ってしまったようだ。

「君に会いたいと言うから連れてきたのに、勝手なもんだ！」

「まあ、あの年頃の娘さんは気まぐれですから」

田古部のコップにビールをついでやって兼人は微苦笑を漏らす。

怒りたいのはこっちの方だ。上司の命令で休日の予定を無理やり変更させられ、家族のぎくしゃくした雰囲気を目の当たりにさせられて、挙句へそを曲げた上司のご機嫌取りまでしなくてはいけない。

「もうビールはいい。君、ウィスキーは飲めるか」

質問しておきながら田古部は兼人の返答を聞かず、部屋の隅に置かれたサイドボードからウィスキーの壜を取り出した。それは兼人の見覚えのない銘柄で、兼人はゆっくりとした瞬きをする。

深山の部屋に、まだ兼人の好きなウィスキーは残っているだろうか。壜の中身は半分以上残っていたはずだ。

あのとき口に含んだチョコレートの甘さと、熱で溶けるような深山の瞳を思い出す。

真冬だというのに蒸し暑いくらいの部屋を思い返し、兼人は目の前のテーブルに並んだ料理を眺める。冷製のものも、本来温かくあるはずのものも、料理は軒並みひんやりとして、なかなか兼人の食欲をくすぐってくれなかった。

田古部の絡み酒につき合わされ、さんざん家族に対する愚痴を聞かされて、ようやく兼人が解放されたのは夜の十時を過ぎる頃だった。

上司の家で飲むにしては随分遅くなった。電車に乗り込み自宅の最寄り駅へ向かいながら、兼人はそっと溜息をつく。

冷凍餃子は、すべて兼人が胃に収めた。アルコールとにんにくの匂いが混じった息では車内で大っぴらに溜息をつくこともできない。

ドアに凭れかかって真っ暗な窓の外を眺めてみるが、車内が明るいためガラスには自分の疲れた顔ばかりが映る。

スラックスのポケットに入れっぱなしだった携帯を、コートの上から押さえてみる。着信は一度もなかった。深山から、何か連絡が来るかもしれないと思っていたのだが。

(ドタキャンしたんだから文句のひとつもあるだろうよ)

深山のことだ。今日の予定もきっちり立てていたに違いないのに。

兼人はドアに額を寄せ、深山と一緒だったら今日はどこへ行っていただろうと考える。また深山の部屋へ行っただろうか。それともどこかへ出かけたか。

(でも、デートに誘われた後すぐにミーティングがあったから、案外そんなに熱心に考えてなかったかもしれないな……)

ふと視線を転じると、ガラスに泣き出す直前のような顔をした自分が映っていて、兼人は力一杯目をつぶった。

(くっそ……なんでこんなにあいつのことばっかり……)

目を閉じると、電車の揺れを普段より大きく感じた。田古部につき合わされて兼人もしこたま飲んでいる。いつになく感情が波立ちやすい。

腹の底に溜まったアルコールがちゃぷんと音を立てる。そこに淀んだ気持ちが流れ込み、ひどく腹が熱かった。様々な感情が混じり合ったそれに火がついて、一番わかりやすく怒りという感情になって燃え上がる。

先に距離を詰めてきたのは深山なのに、こんなふうに途中で放り出されるのは気に食わない。最寄り駅で降りると、兼人はスラックスのポケットから携帯電話を取り出した。

外へ出ると凍えるほど冷たい風が頬を打ったが、酔った頭を冷やすには至らない。兼人は迷わず深山に電話をかける。

店の明かりも落ちた淋しい商店街を大股で歩き、コールの回数を数える。三回目で電話が繋がるなり、挨拶も抜きで切り出した。

「深山か、今何してる」

『……主任？　何って……主任こそ、係長と一緒なんじゃ……？』

「俺は今から家に帰るところだ」

戸惑いがちな深山の声に、想い人から電話がかかってきたのを喜ぶような気配はなく、兼人の中で苛立ちが募る。深山にとっては理不尽としか言いようのない怒りだと頭では理解していたが、それでも口が止まらなかった。

「もうすぐ着く。だからお前、うちに来い」

『……主任？　酔ってるんですか？』

「五分以内に来い。そうしたら抱かせてやる」

口からとんでもない言葉が飛び出し自分でも驚いた。けれど頭の片隅で、五分で深山が来られるわけがないという計算も働く。深山の家からここまでは三十分以上かかるし、そもそも深山は兼人の自宅を知らない。

しばらく待ったが、深山からはなんの応答もなかった。夜道に響く自分の足音だけが耳につく。電話の向こうで深山はどんな顔をしているのだろう。もう兼人に対する興味など失って、どうしたものかと頭でも抱えているのか。

五分が無理でも、すぐ行きます、そう言ってくれればまだ気も晴れたのに。

『――……何を言っているんですか？』

心底訝しそうな深山の声を聞いた途端、何かが決壊した。

「来いよ、走ってこい！」

大きな声が夜道に響く。激昂して他人に声を荒らげるなんて初めてだ。それでも気が治まらず、兼人は携帯に向かって怒鳴りつけた。

「五分以内に来なかったら例の約束も全部白紙に戻すからな！」

あとはもう、深山の返事も聞かず通話を切った。

感情が高ぶって、心拍数が急上昇する。指先まで震えていた。急に夜道の静けさが耳に迫って、兼人はきつく眉根を寄せる。歩調が見る間に鈍くなる。

(——……何言ってんだ、俺は)

感情に任せて言い放った言葉を思い返すと、自己嫌悪でうんざりした。何様のつもりだ、と自分でも思う。

けれど、どうしても、息を切らして走ってくる深山の姿が見たかった。

もしそうやって走ってきてくれたら、そのときは。

(そのとき……なんて、ないんだろうけど……)

重たい足を引きずるようにして夜道を歩く。アパートまでもう少しだ。

深山は来ない。来るはずがない。けれど自分は布団にくるまり、眠れずに朝を迎えるだろう。来るはずのない深山を待って、ゆっくりと明けていく冬の夜を窓越しに見守ることになるに違いない。

感傷的になる自分を鼻で笑って兼人はアパートの外階段を上る。肩掛け鞄から鍵を取り出し、階段を上りきったところで顔を上げ、兼人はその場で棒立ちになった。

兼人の部屋の前から、大きな影が伸びていた。俯き加減のその影がこちらを向いて、兼人は手にしていた鍵を落としそうになる。

スタンドカラーのアウターの中で首を竦め、ポケットに両手を突っ込んで立っていたのは深山だ。いつからここにいたのか、鼻の頭が赤くなっている。

身動きのとれない兼人の前で深山はポケットからゆっくり手を出すと、腕時計に目を落とした。それから再び、兼人に視線を向ける。

「……五分以内ですよね」

低い声に、背中の芯が痺れたようになった。思わず後ずさりしたら、獲物に襲いかかる獣のような俊敏さで深山が動いて、一瞬で兼人との間合いを詰めてくる。腕を摑まれ、手の中で鍵が鳴った。深山は兼人の手から鍵を奪うと、兼人の腕を引いて部屋の扉の前に立つ。

躊躇(ちゅうちょ)なく鍵穴に鍵を差し込む深山を見て、兼人は困惑した声を上げた。

「み……深山、なんでお前、俺の部屋知って……？」

「総務の人に聞きました」

「お、教えてくれたのか、そんなこと……!?」

「年賀状出したいからって言ったら、簡単に住所教えてくれましたよ」

ガチャリと音を立てて鍵が回り、玄関の戸が開かれる。部屋の中に引きずり込まれ、ドアが閉まるなり深山が両手で兼人の顔を挟んできた。力任せに上向かされ、すぐ側に深山の顔が迫る。だが明かりひとつついていない玄関先で、深山の表情はよく見えない。

「どうでした、係長の娘さんは」

唇に深山の吐息がかかる。兼人は闇に目を凝らして深山の手首を摑んだ。

「お前には、関係ないだろ……っ」

深山の腕を振りほどこうとしたら、兼人の顔を両側から挟む指先に力がこもった。

「——アンタが好きな人間に向かって、関係ない？」

深山の声が低くなる。電話越しには伝わってこなかった深山の感情が、頬に触れた指から、唇にかかる吐息から、すぐ側にある体温から伝わってくる。

怒っている、とわかったのに、どうしてかそのことにひどく安堵した。

兼人は小さく喉を鳴らし、声が震えてしまわぬよう慎重に息を整える。深山の手首を握りしめ、なんだよ、と口の中で呟いた。

「……昨日会議室で話したときは、止めもしなかっただろ」

「当たり前です。俺のせいで係長の誘いを断ったら、後で主任が何を言われるかわからないじゃないですか。部下の誘いも断れないのかと主任が馬鹿にされるのは嫌です」

弱みは見せたくないんでしょう、とつけ加えられ、兼人はぐっと唇を噛んだ。喉に力を込めていないと、情けない声が次々溢れてしまいそうで気が抜けない。大きく息を吸い込んでから、低く掠れた声を出す。

「キスも、断っただろうが。してやるって言ったのに……」

「キスだけで止められるとでも思ったんですか」

玄関先の温度が上がる。

長いこと人のいなかった部屋は冷えきっているはずなのに、首筋から熱がこみ上げてきて兼人は目を見開いた。少しは暗闇に目が慣れてきたが、まだ深山の顔は見えない。ただ、闇の向こうから押し殺した声がする。

「係長の娘さんを紹介してもらうなんて言われて、平静でいられるとでも思ったんですか。強引にその場で押し倒されて既成事実を作られるとは思わなかったんですか。人がどれだけギリギリのところで堪えてたと思ってるんです……！」

心臓が、破裂しそうになった。

息ができない。深山の声が肌を震わせ、膝から崩れ落ちそうになる。爪先から浸水していくように足元が覚束なくなる。

「だったら……ミーティングの後、急に素っ気なくなったのは……俺が係長の肩を持ったからか？」

震える声で尋ねると、深山がわずかに首をひねった。

「……別に、普段通りでしたよ。むしろ俺を避けてたのは主任の方でしょう？　目が合ってもすぐに逸らして」

そうだったろうか、と兼人は浅い息を吐く。深山の味方についてやれなかったという負い目から、無意識に避けるような態度をとってしまったのだろうか。

足元を浸していた何かが、膝を上がり、腰まで満ちる。早鐘を打つ心臓のせいでどうしたって声が震えてしまうのを自覚しながら、兼人はさらに言葉を重ねた。

「でも、どうせ、一ヶ月恋人のふりをしてやれば諦められる程度のものなんだろう……？」

最初からそういう約束だった。深山もそれで納得していたはずだ。

兼人の頬を挟んでいた深山の指先がわずかに緩む。その指で、深山はゆるりと兼人の頬を撫でた。

「主任は人が好いので、正月休みを挟んでいるからとかなんとか言って延長するつもりでしたが……」

「おま……何せこいこと……」

「せこくてもなんでも、少しでも可能性があるなら必死で食らいつくに決まってます。主任は高嶺の花なんですから」

聞き慣れた言葉に不覚にも胸が軋んだ。高嶺の花だから手が届かない。そう言って離れていく人たちの背中を思い出す。

俯きそうになったら、闇の中、グッと深山の顔が近づいた。

「だから、目一杯手を伸ばさないと手折れないでしょう」

諦めることなど眼中にもない深山の言葉に足元が揺れる。何かが満ちて胸まで浸す。それはあっという間に兼人の喉元まで濡らし、思わず顎を上げたら深山に口づけられた。

その瞬間、頭のてっぺんまで波に呑み込まれてしまった気がした。薄く開いた唇の間に深山の舌が押し入ってくる。思わずすがりつくように舌を絡ませると、わずかに深山の動きが止まり、それから遠慮なく口内を貪られた。

「ん……ぅ……っ」

深山の舌は熱い。上顎を舐め上げられ、互いの舌をこすり合わされると口の中にまで火が灯る。互いの唇から漏れる息も熱く濡れて、溺れそうだと兼人は思う。

真っ暗な玄関先で、目を閉じると足元が揺れて、呼吸すらままならない。夜の海に投げ込まれた気分だ。それも南の島の、やたらと蒸し暑い花の匂いのする海に。

兼人は深山の手首を摑んでいた手を緩め、おずおずと深山の腕を辿って肩に手をかける。それでも足らず、深山の首に腕を回して引き寄せた。

深山の体が近づいて、驚いたのか深山に軽く舌を嚙まれた。慌てて兼人から身を離そうとした深山を自ら追いかけ、兼人は深山の唇に自分の唇をすり寄せて呟く。

「……電気つけろ。俺の後ろにスイッチあるから」

「……主任、また酔ってるんですか」

「飲まなきゃやってられなかったんだよ、つけろ」

気丈な声を上げたものの、弾んだ息遣いは隠せない。頰に触れていた深山の手が離れ、かちりとスイッチを押す音がした。

唐突な眩しさに目を閉じて、兼人は深山の首を抱き寄せたまま下唇を食むようなキスを続ける。深山は最初こそうろたえた様子で手の場所に迷っていたが、すぐに兼人の腰を強く抱き寄せてきた。

骨が軋むようなその強さに、どこかへ流されそうだった体が繋ぎ止められる。舌をねじ込んでこようとする深山の唇をやり過ごし、首を後ろに反らして深山の顔を覗き込んだ。

明かりの下で、ようやく深山の表情が露わになる。

長い前髪と眼鏡の向こうで、深山の目元が赤く染まっている。何かを堪えるように眉間にシワを寄せ、瞬きの回数がやたらと少ない。

食い入るような目は鋭く、熱っぽく潤んでいて、兼人は密やかな吐息をついた。欲しい、欲しいと訴えてくる、その目がずっと見たかった。望んだ瞳に見詰められ、背筋に甘い疼きが走る。

もう一度深山にキスをしようとすると、今度は深山の方がその唇をかわし、深く身を屈めて兼人の耳に唇を寄せてきた。

「毎回酒癖悪いですよ、主任。どうせまた明日の朝後悔するんでしょう」

深山の低い声に耳朶をくすぐられ、兼人は溜息を押し殺した。

「後悔しない」

「……どれだけ酔ってるんですか」

「酔ってる」

そうだ自分は酔っている。だから滅茶苦茶なことを言ってもいい。常識と体面など酔っ払いにどれほどの意味があるだろう。兼人は深山の肩を押し、至近距離から深山の瞳を覗き込んだ。

「……酔ってるから……深山……」

眼鏡の奥で、深山が軽く目を瞠った。深山の目の奥に火が灯る。一瞬で燃え上がって全身を呑み込むような炎を見た気がして、兼人は喉を鳴らした。

でもきっと、深山を見る自分の目にも熾（おき）のような火がくすぶっている。深山もそれに気づいたに違いない。

噛みつくようなキスをされ、背中が反り返るほど強く抱きしめられた。深山の肩を握りしめる指先が痺れる。再び大きな波に呑み込まれ、全部持っていかれたと酸欠気味の頭でぼんやり思う。

「……っ、靴を……」

キスの合間に余裕のない声で靴を脱ぐよう促されたが、その間も深山の唇は執拗に兼人を追いかける。唇を噛まれ、舌を吸い上げられ、ようやく靴を脱いだと思ったら家の中に引きずり込まれた。

兼人の家も深山の家とほとんど間取りは変わらない。玄関を入ってすぐがキッチンで、その奥に居間兼寝室がある１Ｋだ。深山の部屋と比べれば少し広いのと、ロフトがついていることくらいしか違いはない。

キッチンの前を通り過ぎようとして、深山が唐突に足を止めた。

「主任、オリーブオイルとかありますか」

「は……？　ああ、あるけど……」

まさかこのタイミングで料理でも作る気かと訝しんだが、キッチンの棚から出したオイルを受け取るなり深山は隣の部屋へ入ってしまう。そのまま有無を言わさずベッドに押し倒され、ハッと気づいて兼人は声を荒らげた。

「おま……っ、そ、そういう目的で使うつもりか！」

「十分代用品にはなります。体に悪いものでもありませんし」

「なんか用意してこなかったのかよ！」

「してくるわけないじゃないですか。何時間も部屋の前に居座って、ストーカー呼ばわりされて追い返されるとばかり思ってたんですから」

ベッドで仰向けになる兼人の腰をまたいだ深山は、すでにアウターを脱いで床に落としている。室内は明かりがついておらず、深山の背後で半分開いたままになっている扉から玄関の光が射し込むばかりだ。兼人はただ全身を緊張させ、服を脱ぐ深山を見ていることしかできない。

「それで、係長の娘さんはどうだったんですか？」

深山が眼鏡を外し、床に落としたアウターの上に放り投げる。

「どうもこうも……なかった。係長が先走っただけで、本人は俺に会いたくもなかったって、そう言われた……」

上着を脱ぎかけていた深山の手が止まる。兼人は自分も覚束ない手つきでコートのボタンを外しながらもそもそと呟いた。

「いつものことだ……遠くから見てるのがちょうどいい、観賞用だって言われるのは」

深山が再び手を動かして上着を脱ぐ。上半身を露わにした深山はベッドを軋ませて身を倒すと、コートのボタンを外そうとする兼人の手を上から摑んだ。

「観賞用、ですか」

裸眼の深山に見詰められ、兼人は視線を泳がせた。フレームの太い眼鏡を外すと、深山の感情を遮るものは何もなくなって、直視できない。

深山は動きの止まった兼人の手を横にどけ、コートのボタンを外しながら囁いた。

「見るだけで足りるんですか?」

「し……知るか、俺に訊くな……でも周りの奴らは皆……」

「俺は触りたくて仕方ないです」

コートのボタンをすべて外し、その下のシャツのボタンに手をかけて深山は言い募る。

「ちゃんと触って、抱きしめて、俺のものにしたくて仕方ないです」

深山の声は真剣だ。見なくても頰に深山の視線を感じる。見なければいいと思うのに、磁石に引き寄せられる鉄くずのようによろよろと視線が上を向いた。

深山の目が、自分を見ている。

体の熱を一点に集めたようなその目を見たら、全身を覆う強張りのようなものが見る間に蕩けた。

兼人は力なく手の甲を目の上に乗せると、横顔をシーツに押しつけた。その間も深山の手は動いて、シャツのボタンがすべて外される。

「……だったら、好きにしろよ」

「随分酔ってますね。さすがに三回目は見逃してあげませんよ」

「酔ってる。酔ってるからもう、本当のことしか言わない」

深山の熱に当てられてしまったように、耳や頰や首筋が熱い。

深山の顔を見られないまま、兼人は消え入るような声で言った。

「……俺もお前が好きだよ、深山」

ヒュッと空気を裂く音がして、深山が息を呑んだのがわかった。

そんなに驚かれたらこっちが照れる。言うんじゃなかったと手の甲の下で目を見開いたら、手首を摑まれ顔から引き剝がされた。

信じられないものを見るような目で深山が兼人の目を覗き込んで、その奥に何を見たのか、驚愕の表情を浮かべた。

（なんだよ……なんだよそのツラ）

自分の目の奥に、深山は何を見たのだろう。

自分の目も、深山と同じように余さず己の感情を映し出しているのだろうか。欲しい欲しいと深山をねだってやまないのも、すべてばれてしまっているのだろうか。

本音を見透かされた気分になって、兼人は自分から身を起こし深山の唇に噛みついた。浮いた背中の後ろに腕が回され、そのまま力任せに起こされる。キスをしながらコートとシャツを脱がされて、あっという間に上半身が裸になった。

深山の手はスラックスのホックにかかり、前をくつろげたと思ったら性急に下着の中に指を滑らせてくる。喉を鳴らした兼人に唇を寄せたまま、深山が溜息に乗せて囁いた。

「触る前から勃ってますね……」

「……っ、わざわざ言うな！」

「最初は触っても反応しなかったのに」

「だから言うなって……わっ……ぁ……」

深山の指先が雄に絡み、ゆるゆると扱かれて語尾が溶けた。座ったまま深山に抱きしめられ、兼人は深山の肩に額を押しつける。

「あ……っ、ん……ぁ……っ」

首筋に深山が唇を押し当ててきて、肌の上にさざ波のような震えが走った。心臓が一回り大きくなったようで鼓動がうるさい。ぬるま湯のような快感に浸かり、兼人はしばし逡巡してからそろりと深山の下肢に手を伸ばした。

ジーンズの上から触れたそこはすでに硬く盛り上がっていて、深山の指が一瞬止まる。耳の裏で息を呑んだのもわかって、兼人はわずかに唇の端を持ち上げた。

「お前だって人のこと言えないだろ。触ってもないのに」

わざとゆっくりファスナーを下ろし、下着越しに指先でなぞってやると、深山の肩に震えが走った。首筋で、深山が熱い溜息をつく。

「仕方ないでしょう……好きな人に触ってるんですから」

さらりと気恥ずかしいことを言ってくれる。けれどそんな一言で内心ひどく喜んでしまう自分は本当にどうかしている。兼人は何も言い返さず、深山の下着を引き下ろして直に雄に触れた。熱く滾ったものに触れることに、もう以前のような抵抗はない。

「……っん……ぁ……っ」

互いに同じようなペースでゆるゆるとこすり合う。ときどき先端を責められ、乱れる息を殺して同じようにやり返してやると深山の呼吸も乱れた。

真冬だというのに深山は肩にうっすらと汗をかいている。暖房も入れていないのに、体が大きい分体温が高いのだろうか。そんな深山に抱き竦められた状態で、兼人も寒さより蒸し暑さのようなものを感じている。

しばらくはそうして互いのやり方を真似るような触り合いをしていたが、そろそろ強い刺激が欲しくなって兼人は少し強めに深山を扱いた。だが、深山は一向に指の力を強めない。二度、三度と繰り返してみたが応えはなく、兼人は余裕を失くして声を上げた。

「深山、てめ……っ、わかっててやってるだろ」

「何がでしょう」

「手ぬるいんだよ……っ！」

可愛気もなくねだってみせると、深山がわずかに顔を上げて兼人を見た。その目は兼人よりもよほど余裕がない。

「……後ろも、ほぐしたいんですが」

ぼそりと呟かれ、兼人は耳まで赤くする。深山は端から触り合って終わりにする気などなかったらしい。ぎくしゃくと深山から体を離す。

身につけていた服を互いにすべて脱ぎ落とし、兼人は深山に促されるままベッドで四つ這いになった。後ろから深山がのしかかってきて、いっぺんに体が熱くなる。

「覚えてますか？　ここ……」

オリーブオイルをたっぷりと纏わせた指が入り口に触れ、兼人は体をびくつかせた。

「こっちで快感を得られるようになると、女性と同じように長く深い絶頂感が得られるそうですよ」

「……またか、その豆知識。やめろ、洗脳すんな」

「女性の絶頂感は男性の五十倍から数百倍というデータも……」

「だからやめろ、お前は俺をどうしたいんだ……！」

入り口をなぞっていた指がゆっくりと中に入ってきて、兼人の声が途切れる。

前回は中を探られるのがどんな感覚なのかわからず身を硬くしっぱなしだったが、今回はある程度予測がつくだけにさほど緊張はしなかった。その分押し込まれる深山の指の形を強く意識してしまい、背筋が粟立つ。

深山は節の高い指をゆっくりと埋めながら、そうですね、と思案気に呟いた。

「……もう俺とのセックスじゃないといけないような体にしたいですね」

「お前……っ、何急に怖いこと言って……っ……」

首筋に深山の息がかかってぞわっとしたのは、恐怖によるものか期待によるものかよくわからなかった。それよりも、深山の指が覚えのある場所に触れ、下半身に痺れが走る。

「こっちは前立腺ですが……少しは慣れてきましたか？」

すぐには声も出せず、兼人は首を左右に振る。深山は同じ場所に触れることはせず、さらに奥まで指を押し込んできた。痛みはないが、圧迫感に息が詰まる。心臓ごと押し上げられるようで、喉が引き攣った。

必死で呼吸を整えていたら、弓形になった背中に口づけられて兼人は体をびくつかせた。

「な、や……やめ、やめろ……っ、くすぐったい……っ！」

「……背中弱いんですね。前回はそうでもなかったのに」

あのときは酔いすぎて皮膚感覚も鈍感になっていただけだ。深山はそれをわかった上で兼人の背中にキスの雨を降らしてきて、たまらずシーツに突っ伏した。くすぐったくて体に力が入ると、中にある深山の指を締めつけてしまい、前立腺とやらに刺激が走って膝が震えた。

「やめろって……みや……ぁっ……」

深山がゆっくりと指を出し入れする。背筋を何かが駆け上がり、またしても下半身が痺れた。その状態で前を触られると気が遠くなるほどの快感が襲ってくることを知っている兼人は、息を殺してシーツを握りしめる。

「あ……っ、は……ぁ……っん」

唇が背中を滑るたび、背骨に沿って産毛が立ち上がる。深々と埋め込まれた指がぐるりと中をかき回して腰が跳ねた。すかさず痛むか尋ねられたが、答えるのに躊躇する。痛みはない。それどころか、圧迫感に陶酔している自分がいる。

大丈夫だと軽く首を振ると、耳の裏にぴたりと深山が唇を押しつけてきた。

「じゃあ……もう一本増やしても……？」

「……っ、訊くな……！」

ほとんど了承に等しい返事に深山が小さく笑う。入り口にもう一本指が添えられ、兼人はシーツを握る指に一層力を込めた。

「力を抜いてください、痛むようならすぐ抜きますから」

ひそひそと耳の裏で囁かれ、兼人も極力体の緊張を解く。

狭い入り口をくぐり抜け、二本に増えた指を呑み込まされる。最初こそ引き攣れるような痛みがあったが耐えられないほどではなく、慣れるのにさほど時間はかからなかった。

「は……っ、あ……ぁ……っ」

二本の指が出入りして、室内に湿った卑猥な音が響く。そこに噛み殺せなかった自分の声が重なって、羞恥で耳が焼き切れそうだ。唇を噛もうとしたら、深山の指がまたあの場所を触った。

「ひ……っ、あっ、や……っ！」

指の腹でゆっくりと押し上げられ、腰の奥から甘い痺れがにじみ出す。触れられていないはずの性器まで震え上がり、兼人はシーツをかきむしった。

「苦しいですか……？　それとも」

同じ場所をゆるゆると刺激しながら、深山が兼人の耳朶をとろりと口に含んだ。

「……気持ちよくなってきました？」

甘く低い深山の声が耳の奥まで流し込まれる。

こんなときに頭に去来したのは昔つき合っていた淫蕩な女子大生で、挿入の瞬間伸びやかに喘いだ蕩けた顔が脳内で大写しになった瞬間、兼人の中で何かのスイッチが入った。

ザァッと背中が震え上がり、体が無自覚に深山の指を締めつける。深山の指が動いただけで腰が抜けそうになって、膝が滑らないよう太腿にグッと力を込めた。

「う……っ、ん……んっ……」

急に唇を噛んで小さく震え始めた兼人に気づいたのか、深山が心配顔で首を伸ばしてきた。

「主任？　どうしました、具合でも……？」

「お……お前が、妙なことばっかり言うからだろ……！」

女性の絶頂感は男性の何十倍だの、後ろを使えばそれと同じ快感が得られるだの。

そんなことを言うから昔つき合っていた彼女の顔がどうしてもちらついて、あれと同じ快感が得られるのかと思ったら嫌でも体が期待した。以前深山が言っていた、セックスは脳でするものだという言葉の意味を今になって理解する。

「洗脳みたいなことしやがって……っ」

「それはどういう――……」

一瞬の沈黙の後、深山がそろりと指を動かす。熱く蕩けた場所をかき回され、兼人は震える溜息を吐く。頬に深山の視線を感じ、前髪の隙間から深山を仰ぎ見た。

言葉にはできず、瞳で訴えた。深山のように。

暗がりの中で深山が喉を鳴らすのがわかった。伝わったようだ、と思ったら、安堵よりも羞恥心がこみ上げてきて兼人は深山から顔を背ける。

後は流れに身を任せようとシーツに顔を埋めたら、いきなり指が引き抜かれた。その上肩を掴まれて、ベッドの上で体が回転する。突然仰向けにされて目を白黒させていると、上からのしかかってきた深山に脚を抱え上げられた。

互いの顔を直視する格好になり、兼人は動揺して片腕で顔を覆った。

「な、なんで体勢変えるんだよ！　さっきのまんまでよかっただろ！」

「後ろからでは主任の顔が見えないので……」

「見るなそんなもん！」

嚙みつくように言ってやったら、顔を覆う腕をそっと深山に取られた。

「……顔が見えないと、主任が無理をしていたときに止められません」

興味本位で見たがっているわけではないらしい。優しい力で腕を引かれ、無理やり振りほどくことができなくなった。なんとか腕は下げたものの深山の顔を見られないでいると、目元にそっとキスを落とされる。

目を上げたら視線が絡んで、どちらからともなくキスをした。ゆったりと舌を絡ませるキスに、また少し体の強張りが解けていく。

キスの途中、深山が兼人の脚を抱え直す。内股に触れたものはひどく熱い。こんな状況でまだ相手を気遣えるのかと思ったら尊敬の念すら抱いた。高校生の頃の自分は、こんなにも真摯に振る舞えただろうか。

（でもこいつだったら、高校生の頃でもこれくらいのことはしてそうだな……）

深く口内に侵入してくる深山の舌を受け入れながら、兼人はとろりとした目で考える。男が貞操を奪われようとしているのに、焦りも恐怖もないことが不思議だった。深山の腕の中は心地よく、ただうっとりと身をゆだねているだけでいい。心はこんなにも落ち着いているのに、心臓だけが騒がしい。深山、深山と、自分の代わりに深山を呼んでいる。

入り口に熱い刀身を押しつけられ、さすがに息が止まった。心臓の音が大きくなる。胸の中で深山を呼ぶ声も大きくなって、唇を離した深山がこちらを見た。

前髪の隙間から覗く深山の目は、目にしたものすべてを焼き払うほどの熱を帯びている。言葉にしなくても視線がすべてを伝えてしまう。本当は容赦なく牙を立てたいほど欲しいのだと訴えられて、兼人は深山の首に腕を伸ばした。

首筋を抱き寄せ、深山に自分の目を見せつける。自分の目からも、きっと隠しきれない劣情がにじみ出ているだろう。

だから兼人はそれを言葉にしない。

俺は本当にお前のことが好きで好きで仕方がない、と言う代わりに、挑むように言ってやった。

「どうした、早くしろ」

わざと上司ぶった口調になってみせたのは、年下の部下にフォローされっぱなしではいられないという悪あがきだ。

深山の目の奥で、最後の火の手が上がる。残っていた理性を焼き払ってやることに成功したようだ。したり顔で笑い、兼人は深山の首にすがりつく。

感情に突き動かされるように深山が腰を進めてきて、入り口にグッと負荷がかかった。さすがにまったく痛みを感じないというわけにはいかず、きつく唇を噛んで声を殺した。熱の塊が肉をかき分け押し入ってきて、深山の背中に爪を立てる。

「……ぅあっ！」

最後に奥まで突き上げられて、兼人は短い声を上げた。それで我に返ったのか、深山が兼人の顔を覗き込もうとしてくる。それを許さずますます強く深山の首にしがみつくと、諦めたのか深山の肩から力が抜けた。

「……痛みませんか？」

兼人の体が慣れるまで動かないつもりなのだろう。声さえ潜めて尋ねてくる深山に、兼人は微かな笑みをこぼした。

「こうしてるぶんには、思ったほどな」

深山はしばし黙り込み、そっと手を動かして兼人の下肢に触れる。入り口を深山の指先が這って、兼人はびくりと体を震わせた。

「……切れてはいないみたいですね、よかった……」

心底ほっとしたように深山が呟いて、兼人はぎくしゃくと頷いた。深山を受け入れるために目一杯押し広げられた場所はやけに敏感で、そっと触れられただけでも腰が引ける。くすぐったさに身をよじったら深山を締めつけてしまい、中に居座る深山の存在感を生々しく感じて息が詰まった。

「ん……あんまり、触るな……っ」

兼人の声が微妙に震えていることに気づいたのか、深山が慌てたように手を引く。だが兼人の顔を見た途端、その表情が変化した。

「……主任？」

兼人はとっさに目をつぶる。深山はときどき無駄に勘がいい。気づいてくれるな、と胸中で祈ったが、やはりそうもいかないらしい。深山が慎重に腰を揺らしてくる。

「ん……っ、や……ぁっ……」

やめろ、と重々しく言ってやるつもりだったのに、意に反して甘く掠れた声が出た。恥じ入る暇もなく、深山が本格的に兼人の脚を抱え直す。

「み、深山、待て、お前、そんな急に……っ」

「でも、主任がそんな顔をしているので……」

どんな顔だと問う気にもならなかった。大体わかる。

ごまかすのも限界だと、兼人は目を見開いて間近に迫った深山を睨みつけた。

「お前のせいだからな！　お前が妙な情報ばっかり植えつけるから……！」

「後ろでも感じるようになると女性と同じくらい気持ちいいって話ですか？」

「諸々だ、諸々！」

初めてなのに感じている自分がいたたまれないことこの上ない。酒のせいで多少痛覚が鈍っているのかもしれないが、それにしたって情けない。深山の顔を見ていられなくて顔を背けたら、すぐさま唇の端にキスをされた。

「すみません。でも辛い顔をされるよりは、怒られた方がずっといいです」

言葉とともに再び唇の端にキスをされる。兼人が横を向いているからまともにキスができないのだろう。

兼人は唇を真一文字に引き結び、やけになって顔の位置を正面に戻す。それを待っていたように、深山が目元をほころばせて笑った。

こんな表情ひとつにドキリとする自分がまた情けない。悪態でもついてやりたかったが、結局黙って深山のキスを待った。唇が柔らかく折り重なり、深山がゆっくりと腰を揺すり上げる。

「……ふ……、ん……」

互いの唇の隙間で掠れた声が漏れる。今まで意識したこともなかった場所を熱い塊が出入りして、腰の奥がじんと熱くなった。さらに意識を集中すると、深山に教え込まされたばかりの前立腺が刺激されるのもわかって、腰から爪先にびりびりと震えが走る。

「あ……ぁ……あっ……！」

ギッとベッドが軋んだ。奥まで突き上げられて顎を逸らすと、深山の腰の動きが大きくなる。体の奥で甘い果実でもすり潰されたかのように、腰の奥からじわじわと熱い疼きが沁み出してくる。

「あ、ん……っ、や……ぁ、あっ……！」

仰け反った喉に深山がむしゃぶりつくようなキスをしてきて、そんな場所に性感帯などないと思っていたのにぞくぞくした。深山の息が荒くなる。濡れた吐息に肌を舐められ、ますます体が熱くなる。

その上深山が兼人の雄に手を添えてきて、兼人は鋭く息を呑んだ。

「ば……っ、馬鹿、そんなところ……っ」

「だって、後ろだけじゃいけないでしょう……？」

「だとしても……っ」

抗議の声が深山の唇に呑み込まれる。滅茶苦茶に舌が絡んできて、声どころか呼吸まで奪われそうになった。反り返ったものが深山の手で扱かれ、突き上げが激しくなる。

「ん……んぅ……っ、ん――っ！」

指の腹でそっとこすられただけで下半身が痺れるあの場所を硬い切っ先で押し上げられ、兼人は全身を跳ね上がらせた。互いの唇がずれて、押し止められず甘い悲鳴が漏れる。

「あっ、あぁっ、深山、やだ、あっ、ぁ……っ」

痛いくらい張り詰めたものを手加減なく扱かれ、グズグズと熱く蕩けた場所を容赦なく穿(うが)たれる。熱い肉の塊に体の中をかき回され、息苦しいのに興奮した。深山だ、と思うと心臓が弾け飛んでしまいそうになる。

「ひ……っ、あ、も……っ、やぁ——……っ」

前と後ろを同時に責められる快感は強烈すぎて、長くは持たない。後ろを嬲られて感じている羞恥も、困惑も、一緒くたに押し流されるようだ。全身が震え、目の前が白くなり、堪えようもなく深山の手の中で吐精する。

途中、兼人の雄を握る深山の手が離れた。と思ったら両手で腰を摑まれ、深々と突き立てられて兼人は喉を仰け反らせた。射精の最中も激しく揺さぶられ、兼人の声に涙が混じる。

「や、あっ、あぁっ……やめろ、もう……やぁ……っん！」

すでに射精は終えているのに、絶頂感がダラダラと長く尾を引いている。揺すり上げられると体の芯に震えが走って、爪先まで甘い痺れが駆け抜けた。内側がひくひくと深山を締めつけて、力強く突き上げるその動きにまた高みまで連れていかれそうになってしまう。

「深山……っ、いやだ、や……ぁっ……もう、やだぁ……っ」

強すぎる快感に恐怖すら覚え、膝の内側を深山の腰にこすりつけて懇願すると、深山が低く喉を鳴らした。抽挿が激しくなり、一際奥まで穿たれる。

「あ、あっ、あぁ――……っ」

「……っ！」

全身を硬直させた兼人の締めつけに深山の腰が震え、内側に飛沫が叩きつけられる。

ようやく深山の動きが止まっても、兼人はしばらく身じろぎすることもできなかった。大きく口を開けて酸素を取り込むのが精一杯だ。

室内に乱れた息遣いが響き、兼人の首筋に顔を埋めていた深山が身を起こす。まだ呆然と天井を見上げている兼人の顔を上から覗き込み、深山は汗で額に張りついた兼人の前髪をそっと後ろに撫でつけた。

兼人は緩慢に視線を動かし深山を見詰め返す。じっとこちらを見る深山の目を見れば、深山が次に口にしそうなことは大方見当がついた。

きっと、好きで好きで仕方ないとか、そんなことを言うのだろう。乱れた息の下、知ってる、と平然と返してやろうと思っていたら、深山がゆるりと目を細めた。

「……一生大事にしますから」

予想とは異なるセリフに、全身の毛穴が一気に開いた。汗で冷えかけた体がまた一瞬で熱くなる。

「お前、お前な……俺はお前の、そういうところが……っ」

苦手だ、とか、勘弁してほしい、とか、言いかけて唇が強張った。仮にも体を繋げたばかりの相手に、嘘をつくのは気が引ける。

兼人は苦いものでも嚙み潰した顔で黙り込むと、深山を見上げ、わかれよ、と目で強要する。

深山は兼人の目を覗き込み、幸せそうに笑って頷いた。

「知ってます」

好きで好きで仕方がないと、言葉は口にしなくとも正しく伝わったようだった。


「それじゃ、お先に失礼します。よいお年を」

十二月の最終週。今年最後の営業日を終え、フロアには年末の挨拶が飛び交っている。

兼人はパソコンから顔を上げ、深々と頭を下げる石川に「よいお年を」と返した。

ふと見渡せば、フロアにはもうほとんど人がいない。まだ夜の七時前だが、さすがにこんな日まで残業をする者はいないようだ。

「深山はまだ帰らないのか。なんか仕事頼んでたっけ？」

ぐるりと椅子を回して背後の深山に声をかけると、深山が肩越しに振り返った。

「いえ、注残の確認をしていただけですが……」

「なんだ、そんなの来年でも全然構わないぞ」

帰るよう促そうとしたら、深山が少しだけ声を潜めた。

「……主任は、まだかかりそうですか？」

その一言で深山が兼人を待っていたことを悟り、兼人は視線をさまよわせた。

「俺も、そろそろ終わるけど……飯でも食ってくか……？」

深山がわずかに顎を引く。頷いたようにも見えたが、多分違う。何か別に言いたいことがあって、だがここでは言えず呑み込んだのだろう。

深山の告白を受け入れてからまだ数日。わずかな仕草だけで随分いろいろ理解できるようになったものだと内心苦笑して、兼人は手早く仕事を片づけた。

深山と連れ立ち、まだ席に残っていた上司に挨拶をして回る。田古部にも挨拶をすると、ぞんざいな首肯だけが返ってきた。深山には目を向けようともしない。

当てが外れて面白くないのだろう、と兼人は思う。

兼人が思った通り、田古部は事あるごとに深山に虫の話を振ってくるようになった。だが、深山は顔色ひとつ変えずに相槌を打つだけなのでからかいがいもなかったのだろう。さらに、兼人が外回りで席を外しているときに起こった出来事が、田古部から深山への興味を失わせる決定打になったらしい。

室内にどこからともなくカメムシが侵入して、低い羽音を立てて辺りを飛び回っていたと思ったら、深山の机の上に止まったらしい。当然周囲の人間は固唾(かたず)を呑んで深山の反応を注視したが、当の深山は大きな掌で山を作ってカメムシを手の中に閉じ込めると、器用に両手で包んで立ち上がり、窓から外へ放したそうだ。

「深山……お前虫怖いんじゃなかったのか?」

石川にそう問われ、深山はしばし何か考え込むような顔をしてから、ああ、と頷いた。

「近くにいると怖いから、外に出した」

『饅頭(まんじゅう)怖い』を地でいく言動に、深山の言う「怖い」は凡人の感じるそれとは違うらしい、と周囲がどよめいたそうだ。さらに田古部のわかりやすい嫌がらせにまったく動じない姿が深山の好感度を上げ、比例して己の好感度が下がっていくことに気づいた田古部は深山に余計なちょっかいをかけなくなった。

(……俺だったらこうはいかなかっただろうな)

エレベーターホールに向かいながら兼人はしみじみ思う。きっとカメムシを見ただけで悲鳴を上げ、田古部には腹を抱えて大笑いされ、部下の目も少し冷たくなったに違いない。なんにせよ、虫嫌いと公言したことが深山にとってあまりマイナスに働いていないことにホッとする。

「で、この後飯に行くのはなんか問題でもあるのか?」

誰もいないエレベーターホールで水を向けてやると、深山は兼人を見下ろしてから、背後を気にするそぶりをした。どうやら以前資料室で兼人に無理やりキスをしてしまったことを反省しているようで、今や滅多なことでは会社で暴走することはない。

「……よければ、うちに来ませんか」

「お前の部屋で飯食うの？」

「牛筋の煮込みを作ってみました。そろそろ味が染みる頃だと思うので……」

「そんなもん作れるのか。凄いな」

素直に感心して、兼人はじっと深山の顔を見上げる。深山は小さな瞬きをして、ぎこちなく顔を前に戻した。

「それから……この前主任に出したウィスキーもまだ残ってるので」

「チョコは？」

「残ってます。それから、また友人に聞いてＤＶＤを借りてきました。今度はきちんと内容を確かめておいたので大丈夫です。あとは、燻煙(くんえん)タイプの害虫駆除剤も使っておいたので、アレも出ないと思いますし……それから……」

兼人に横顔を向け、それからそれから、と次々言葉を繋げる深山に兼人は噴き出す。

「あのさ、そんなにいろいろ餌撒いてくれなくても、一言家に来ないかって誘ってくれれば行くぞ？」

深山の頬にサッと赤味が差す。はい、とか、でも、とか口の中で何か言っている深山の横で、兼人は背伸びをして耳打ちした。

「ちゃんとお前の下心も承知の上で行ってやるから、心配するな」

眼鏡の下で深山が大きく目を見開く。同時にエレベーターが到着して、深山がこちらを向く前に兼人は無人のエレベーターに乗り込んだ。

一階のボタンを押し、まだホールに突っ立ったままの深山に兼人は嫣然と笑ってみせる。

「どうした、早く来い」

ハッとした顔で深山がエレベーターに乗り込んでくる。途端に斜め後ろから首筋に刺さるような視線が飛んできて、兼人は忍び笑いをこぼした。

「主任、あの……」

「主任か。その呼び方もどうするかなぁ、いつまでもそのままってのもな」

エレベーターのドアが閉まり、ゆっくりと下降する箱の中で兼人は天を仰ぐ。そのまま首だけ巡らせて深山を見ると、深山が困惑した表情でこちらを見ていた。

「あの、今日は、どうしたんですか、飲んでるわけでもないのに……」

「浮かれてんだ。悪いか」

「……主任でも休みの前は浮かれるんですね」

兼人は唇に微苦笑を浮かべる。それだけで己の不正解を悟った深山が、ますますうろたえた表情になる。

　面白いので、できたばかりの恋人に浮かれているのだとは教えないでおいた。

「それで、どうする。お前が間違って会社で口滑らせないって自信があるなら、名前で呼んでもらうのもいいかと思ったんだが」

「それなら、絶対滑らせません。約束します」

　深山が力強く断言する。兼人は階数表示板を横目で見ながら頷いた。

「じゃあ、今夜からでも呼んでみろ」

「……いいんですか。あの……、かね……」

　兼人さん、と言おうとしたのだろう深山の唇に、立てた人差し指を押し当てて遮った。

「お前の部屋に行ってからにしろ」

　深山が目を丸くする。その勢いのまま手首を摑んで引き寄せられそうになって、兼人は素早く体を引いた。ちょうどエレベーターが一階に到着する。

　コートの裾を翻して先に玄関ロビーに降りると、深山はまだエレベーターの中で硬直していた。その顔には、これまで防戦一方だった兼人の急変振りに戸惑う表情が色濃くにじんでいて、兼人は機嫌よく唇の端を持ち上げてみせる。

「これまではお前を止めるのに必死で振り回されっぱなしだったけど、もう止める必要もないしな？　新年を前に心機一転、俺も自分の好きなように行動することにした」

エレベーターの扉が閉まりかかって、慌てて深山も降りてくる。兼人は駆け寄ってきた深山の胸を、緩く握った拳で軽く叩いた。

「吹っ切れた三十代は質悪いぞ」

深山が目を瞬かせる。その目元が、じわりと赤く染め上げられる。

それを見て、ざまぁみろ、と兼人は唇の端を上げた。お前も俺に夢中になっちまえ、と悪態のような睦言を胸の中で呟く。深山に最後まで抱かれてから、昼も夜もなく深山のことが頭から離れなくなってしまった鬱憤を晴らすかのように。

「とりあえずお前の部屋に行ったら何か温まるもの出してくれ」

「あ、じゃあ、紅茶でも……」

「お前でもいい。体温高いし」

「それは……っ、どういう……」

「冗談だよ、本気にするな」

からりと笑って兼人はビルの外に出る。よほど動揺しているのか覚束ない足取りで後に続く深山を振り返り、兼人はじっとその目を見上げた。

深山は聡い。兼人に関することにかけては些細なことも見逃さない。今も兼人の視線に気づき、深山はその場で足を止めた。

冗談だ、と言っておきながら、直後に兼人が瞳で何を訴えるのか、深山はきちんと察することができるだろうか。

寒風に前髪を巻き上げられながら、早く、と急かす代わりに瞬きをする。

瞬間、深山の目の奥に欲望を露わにした火が灯った。

それを見た兼人は満足して、風で乱れた髪をかき上げると駅に向かって歩き始める。後をついてくる深山の急いた足音に、機嫌よく目を細めて。

目の奥に灯る火は、見詰める相手も呑み込んでいく。そのことを、深山に迫られるようになってから兼人は嫌というほど思い知らされた。

たった今、深山の目に火をつけたのは他ならぬ自分だ。

(飛び火した)

きっと自分の目の奥にも、深山と同じ火が灯っている。

ネジを一本

正月に実家へ戻ったら、帰宅早々母親に「何浮かれた顔してるの？」と言われた。同じく実家に戻っていた姉には「なんかネジが一本飛んでるわね」と言われ、父親は言葉少なに「気を引きしめろよ」とビールをついでくれた。

例年ならギリギリまで実家で寝正月を決め込んでいるのだが、今年は二日に東京へ戻ることにした。家族に揃って、「なぜ」と詰め寄られた。

「東京にはアレがいるから帰りたくない、なんて言って毎年ずるずるこっちにいるのに」

その通りだが、今年はできるだけ早く戻りたかった。

東京には今、深山がいる。

アパートに戻るとすっかり日が落ちていた。荷ほどきが終わる頃チャイムが鳴り、兼人は大股でキッチンの脇を抜け玄関を開ける。

「明けましておめでとうございます」

玄関の向こうに立っていたのは深山だ。ドアを勢いよく開けすぎてしまったらしく、一歩後ずさりしてから頭を下げてきた。

「明けましておめでとう。帰ったらマジでお前から年賀状が届いてた」

「はい、せっかく総務の方に住所を聞いたので……」

「メールでも挨拶来たから葉書はないと思ってた。まあ今年もよろしく」

室内に入り、今年もよろしくお願いします、と深山は深く頭を下げる。そのまま靴を脱いで部屋に上がろうとするのをジッと見ていたら、視線に気づいたのか深山が動きを止めた。

「……あの、どうかしましたか？」

「案外感動薄いんだな」

眼鏡の奥で深山が目を瞬かせる。外との温度差のせいか、深山の眼鏡は薄く曇っていた。外は相当寒かったのだろう。

「まあ、たった五日ぶりだもんな。会えなくて淋しがるほどの時間じゃないな」

言い捨てて深山に背を向けると、背後で慌ただしく靴を蹴る音がして後ろから深山に抱き竦められた。

首の下で交差する深山の腕から、冬の冷たい匂いがする。深山は兼人の肩口に顔を埋めると、くぐもった声で呟いた。

「……淋しかったし、会いたかったです」

「百点満点の回答だな」

「だからって会って早々にこんなことしたら、玄関先で盛るなって怒られると思いました」

怒るわけないだろ、と兼人は苦笑交じりで返す。

恋人に、会いたかった、淋しかった、なんてすがりつかれるのは初めてだ。離れている間、こんなにひとりの人間のことしか考えられなかったのも初めてで、ますます強くなる深山の腕を叩(たた)き、自分だけではなかったことにホッとする。

「土産(みやげ)買ってきてやったぞ。北海道(ほっかいどう)銘菓」

まだ首に抱きついたままの深山はそのままにしてキッチンの脇を通り過ぎる。エアコンで暖められた隣の部屋に入るとようやく深山の腕が離れた。

「座ってろ。茶でも淹(い)れてやる」

名残惜しそうな顔で頷(うなず)いて、深山は大人しく部屋の中央に置かれたローテーブルの前に腰を下ろした。

キッチンに戻り茶葉の用意をしながら、兼人は緩んでしまう口元を必死で押さえる。あんな図体のデカい男が部屋にいることを、鬱陶しいと思うどころか喜んでしまうとは。

姉の言う通り、頭のネジが一本行方不明中らしい。

紅茶と一緒に土産の菓子を出してやり、簡単に近況を語り合った。

深山の実家は都内にあるらしく、大晦日(おおみそか)と元旦だけ実家で過ごし、昨日はすでにアパートに戻ってきていたそうだ。

「随分慌ただしいんだな」

「両親も甥(おい)っ子たちの面倒で忙しそうだったので……」

「お前兄弟いるんだ？」

「兄と姉がひとりずつ。甥が二人に姪(めい)がひとりです。姪っ子はまだ新生児なので、本当に家の中がバタバタしていて……」

それは確かにゆっくり休むどころではなかっただろう。

深山は菓子の包装紙を丁寧にたたみながら、斜向かいに座る兼人の顔を覗(のぞ)き込む。

「主任は？　ご家族の皆さんはお元気でしたか？」

兼人はテーブルに肘をついて無言で深山を見返した。質問には答えず片方の眉だけ上げてやると、何かに気づいた顔で深山が居住まいを正した。

「あの……兼人さんは、どうでしたか」

察しのいい恋人に機嫌よく笑みを返す。こういう、どうでもいい上に馬鹿っぽいやり取りが兼人には非常に新鮮だ。

「皆元気そうだった。今年は早目に帰るって言ったら驚かれたな。アレがいる東京に帰りたがるなんてどうしたって」

「そうだったんですか。ちなみに、どうして今年は……」

「こっちにはお前がいる」

直球を投げてやったら、深山が軽く息を詰めた。硬球を胸で受け止めたような反応だ。

そのままじわじわと赤くなる目元を見守ってやってもよかったのだが、兼人は意地悪く唇の端を持ち上げた。

「それから、向こうにいると親が見合いの話を吹っかけてきて面倒臭い」

たちまち深山の表情が凍りついた。それに気づきながら、兼人はテーブルに置かれていた菓子に手を伸ばし、なんでもない調子で続ける。

「もう三十なんだからそろそろ身を固めたらどうだって、冗談かと思ったら見合い写真まで用意してあったもんだから……」

菓子の包みを開けようとしたら、深山に勢いよく手首を摑まれた。見れば深山が鬼の形相でこちらを凝視している。

「……見たんですか、写真」

「見たよ」

手首を摑む深山の指先に力がこもった。痛いくらいだ。

相変わらず深山の瞳は雄弁だ。どう思った、目移りしたのか、本気で結婚なんて考えてるんじゃないだろうなと迫ってくる。

本当はもう少し焦らしてやりたかったのだが、先に耐えられなくなったのは兼人の方だ。兼人はブハッと噴き出すと、手首を摑む深山の手をぺちぺちと叩いた。

「写真見ただけで終わりだ。別に本気で見合いなんてしない」

「でも、ご両親はこの先もそういう話を持ちかけてくるんじゃないですか」

深山の顔は深刻なままで、兼人はいったん顔を伏せた。隠しようもなく顔が緩む。

これまでまともな恋愛をしてこなかった兼人は、けれどなぜか男友達の恋愛相談に乗ることが多く、嫉妬深い恋人に悩まされる友人を何度も宥めてきたものだ。そのたびに、つき合ってるんだからもう少し鷹揚に構えていたらいいものを、などと思っていたが、案外そうでもないんだな、と実感した。

(もしかして俺に相談してた奴らも深刻に困ってたんじゃなくて、単にのろけてただけなんじゃないか?)

遅まきながら真実に辿り着いた気分だ。あいつら今度おごらせてやる、と心に決めて兼人は頭を起こした。

「もう見合いの話は持ってこないだろ。彼女ができたって言っておいた」

彼女という単語に反応したのか深山の眉間に深いシワが寄って、兼人はもう一度深山の手の甲を叩いた。

「何怒ってんだよ、お前のことだ」

言うが早いか、わかりやすく深山の顔から怒気が飛んだ。

兼人は深山の手の甲に自身の手を重ね、深山の顔を下から覗き込む。

「悪いな。年老いた両親に彼氏ができたとは、さすがに言えなかった」

「いえ、それは……そんなことは、別に……」

深山の目元が赤く染まる。照れているらしい。

つき合う前はグイグイ迫ってきた深山だが、いざつき合い始めると意外なほど純情で、兼人は笑いを噛(か)み殺せない。

「お前そんな初心(うぶ)な反応するくせに、よく最初に『抱かせてください』なんて言えたな」

「それは……必死だったもので」

「しかも『一回でいいから』なんて言われたから、相当慣れてんのかと思ったぞ」

まさか、と消え入るような声で呟いて深山は目を伏せる。困り果てた顔を見ていたらもっと困らせたくなって、兼人は深山の手の甲を指先で軽く弾(はじ)いた。

「深山、明日ホームセンター行くぞ。お前の家の側(そば)にあったよな？」

「ありますけど……何か必要でしたか」

「座椅子が欲しい。お前の家で使うやつ」

「……座椅子なら、うちにも二つありますけど」

「あれ、いつから使ってんの？」

「大学に入ってから買ったので……まだ四年は経(た)ってないはずです」

「彼女のために買ったんだろ？」

深山が虚を衝(つ)かれたような顔をする。次の瞬間、サッと表情が強張(こわば)った。

深山自身忘れていたのかもしれない。だが、ひとり暮らしの男の部屋に座椅子が二個なんて普通ない。よほど頻繁に部屋を訪れる誰かのために用意するのでもない限り。ついでに男友達がそんなに四六時中部屋に入り浸るとも考えにくい。

うろたえた顔で、深山は自分の手の上に置かれた兼人の手を、さらに上から摑んで握りしめた。今にも謝罪の言葉を繰り出してきそうなその顔を見上げ、別にこいつは何も悪いことなんてしてないんだがな、と思いつつ、要求は容赦なく口にした。

「今部屋にある座椅子は片方捨てろ。代わりに俺用の座椅子を置け」

「置きます、明日新しい座椅子を買ってきます」

結構なわがままを言った自覚はあったのだが、深山はそれをわがままとも思わぬ顔で快諾した。

知らず、笑顔は苦笑になってしまう。

「……お前がそんなことだから」

自覚もなく溜息(ためいき)のような声が唇から漏れていた。

前の彼女の存在を気にするようなことを言う自分に、深山がもっと嫌そうな顔をしてくればいいのに。そうすればまだ少しは抑えが利くだろうに、深山が当たり前の顔で受け入れてしまうから。

「俺はどんどん前の彼女に嫉妬する」

どうしてくれる、と苦さを含んだ声で呟いたら、テーブルの向こうから身を乗り出した深山に軽く唇を食まれた。深山はその体勢のまま、甘やかな声で囁いた。

「新年早々サービスしすぎですよ」

何が、と尋ね返す前に唇をふさがれ、続く言葉は熱い唇にすべて呑み込まれてしまう。

そういえば恋人の嫉妬は案外嬉しいものだったと、気がついたときはもう深山に押し倒された後だった。

体は変化するのだと、深山に抱かれるようになってからしみじみ兼人は実感した。毎日のストレッチで全身が柔らかくなるように、あるいは筋トレでボディラインが変わるように。男の自分が、まさか同じ男に抱かれ、泣いてよがる日が来ようとは夢にも思っていなかった。

「深山……っ、も、無理だ……っ」

ベッドの上でもがく体を上から押さえつけられ、もう何度目になるかわからない挿入に兼人は喉を震わせる。仰向けで大きく脚を開かされ、腕で顔を隠してもすぐに取り払われた。

「お前……っ……見るなって……！」

「電気消したからいいじゃないですか」

「キッチンの電気つけっぱなしだろうが……ぁあっ！」

最奥まで深々と突き上げられ、声を殺しきれなかった。深い、苦しいと悪態をついても、声の端々が甘く溶けてしまうのは隠せない。

ベッドの外では実に従順な深山は、こんなときばかり意地が悪い。ゆるゆると腰を揺らしながら、兼人の耳元に唇を寄せる。

「……でも、深い方が好きですよね？」

「ん……やめろ、洗脳するな……っ」

「こういうときだけはまだ意地っ張りですね」

当たり前だ、こちとらお前と会うまでは相手を押し倒す方だったんだ、という抗議の声も、優しく深山に揺さぶられて言葉にならない。

いっそのこと我を忘れるほど滅茶苦茶(めちゃくちゃ)に突いてくれればいいのに、深山は焦らすように緩慢に動いて兼人の理性を取り払おうとする。

「深山、遊ぶな……」

「遊んでません、真剣です」

「もう、いいから……っ」

「兼人さん、ドライオーガズムって知ってますか」

またどうでもいい知識を仕込んできたらしい。

知らない、どうでもいい、と首を振って、深山の首をがむしゃらに抱き寄せた。

近づいた唇を噛み、歯列を割って舌を押し込む。すぐさま荒々しく舌が絡んできて、やっぱりお前も余裕なんかないんだろうと思いきり肩を突き飛ばした。

「いいから動け！」

甘さの欠片(かけら)もない言葉が口から飛び出した。女の子相手にこんなことを言ったら恐らく殴られただろうが、雄同士の絡み合いだと必死な空気に言葉が溶けて、深山の目の奥に火が灯(とも)る。

その目を見ただけで、腰骨から背骨にかけて一直線に震えが走った。中にいる深山を締めつけてしまい、深山がグッと唇を噛む。会社ではお目にかかれない、欲にまみれた凶悪な顔に喉が鳴った。

「あっ、あぁ……っ！」

望んだ通り手加減なく突き上げられて、唇を割って出たのは悲鳴ではなく歓喜の声だ。ベッドが音を立てるほど激しく揺さぶられ、深山の背中にすがりつく。一ヶ月前の自分からは想像できないほど体は深山に合わせて変化して、本来あり得ない使い方をしているのに最早(もはや)快楽しか感じない。

薄く目を開けると、至近距離で深山と目が合った。

真正面からこちらを見る深山の目が、食い尽くしてやりたい、と言っている。

一度目を閉じて、もう一度開ける。

骨も残すなと、深山に伝わったかどうかは知らない。ただ、骨が砕けるほど強く抱きしめられて、それきりまともなことは何ひとつ考えられなくなった。


身を横たえているベッドが妙に揺れて目を覚ました。

だるい体を動かして隣を見れば、深山がこちらに背を向けてベッドのギリギリに寄ってい
る。ほとんど体がベッドの縁からはみ出している状態だ。

「……何してんだ、お前」

声をかけると、深山が肩口からこちらを振り返った。すでに空は白み始め、カーテンの隙
間から青白い朝の光が射し込んでいる。

「ベッドから落ちるだろ、もう少しこっち来い」

手招きしたが、深山はこちらに背を向けたままなかなか動き出さない。何をしているのか
と眉根を寄せると、ようやく深山がぼそりと言った。

「あまり近づくと……また無茶をしてしまいそうなので……」

「……何？」

「寝ているところを襲いそうだったので、離れてたんです」

寝起きだったせいかすぐには深山が何を言っているのかわからず、数度瞬き（まばた）をしてから兼

人は口を開いた。

「お前……昨日あれだけ……」

「わかってます。だから自重しようと思ったんです」

兼人の呆れ声を遮り、深山は完全に兼人に背中を向けてしまう。

大きな背中をしばらく見詰めてから、兼人はごそごそとシーツの上を移動して深山の背中に寄り添った。

「別に自重しなくてもいいんじゃないか。明日も休みだし」

腰に腕を回して引き寄せると、驚いた顔で深山が振り返る。

「あの、でも、昨日は……」

「無茶した自覚があるなら今日はもう少し手加減しろ」

深山の背中に頬をすり寄せ、目を閉じて大きく息を吸い込んだ。

「……恋人のわがままは睦言みたいなもんだ」

「――……手加減できなくなるのでやめてください」

呻くように呟いて深山が寝返りを打つ。少し体をずらしてやって、ベッドの真ん中で抱き合った。

「兼人さん、恋人には甘いんですね……。前の彼女もそうだったんですか？」

「ん……？　ふふ、どうだったかな」

少なくともこんなに四六時中べたべたしていなかったし、家族に不審がられるほど終始上機嫌ではなかったはずだ。嫉妬されて脂下がるなんて本当にどうかしていると思いながら、兼人は目の前にあった深山の鎖骨に唇を寄せる。

「深山、ちょっと探し物手伝ってくれないか」

「何か失くしたんですか?」

「ああ、ネジを一本な」

深山はその言葉を額面通りに受け取ったらしく、どんなネジです、と真顔で尋ねてくる。

「大事なネジだったんだけど、どっかで落としたらしい」

「この家の中ですか?」

「ここかなぁ。お前の家かもしれない。もしかしたら会社かも」

初めて深山にキスをされた居酒屋という可能性もある。深山に合わせて真剣な顔で考え込むふりをしたら、そろりと後ろ頭を撫でられた。

「だったら、ホームセンターで買ってきたらどうでしょう。どうせ座椅子も買いに行きますし」

「ああ、いいなそれ」

「ネジの大きさは大体わかりますか?」

「わからんが、どうにかなるだろう」

でもなぁ、と兼人は深山の首筋で眉尻を下げる。

「締めたところで、またお前が全力で緩めるんだろうな」

どうにかなる気がしない、とぼやいたら、何もわかっていないはずの深山が慰めるように兼人の頭を撫でてきて、ほら見ろ、と兼人は苦笑を漏らした。

くすぐったいほど優しい深山の手の下で、ネジは着々と緩んでいく。

あとがき

車のナンバーを素数に分解するのが好きな海野です、こんにちは。

いつからそういうことをし始めたのかよく覚えていないのですが、気がつくとやっています。『21―00』だったら七×三×五の二乗×二の二乗、という具合に。

暗算が得意とかそういうことではないので、頭の中では非常にもたもた計算しているわけですが、上手い具合に割りきれると非常にすっきりします。末尾が一で終わっていたりすると（これは三で割りきれるんじゃない⁉）ととりあえず三で割ってみたりします。結構割れることが多いので気持ちよかったりするのですが、皆さんそういう癖はないでしょうか。

そんなことばかりやっているせいか、「八」と見るとつい二の三乗、と思ってしまい、乗数も三で素数だからなんか素敵！　と密かに思っていたわけですが、今回お話の中で深山が「八は二の三乗だから格好いい」的なことを言っていたのはその辺の個人的な感情が絡んでいるせいです。ちなみに「横にすると無限大」は担当さんのアイデアで、そういう見方もあったか！　と非常に感銘を受けました。というか、私の個人的感覚よりこちらの方が説得力がある……！

　ということで今回も理系じゃない女がお送りする理系男子のお話でしたが、いかがでしたでしょうか。攻がいつになく強引だったりピンクシーン多めだったりしたのですが、お楽しみいただけましたら幸いです。ピンクシーンに関してはあくまで当社比なのですが。むしろＢＬ界ではこれが通常量……？　……精進します！

　イラストは篠崎マイ様に担当していただいたのですが、実はわたくし、以前からサイトに通っていたファンでした。思いがけなく担当さんからご紹介いただいたときは、人生長く生きてるとリアル棚ぼたを経験することもあるんだな！　と僥倖を噛みしめた次第です。篠崎マイ様、ありがとうございました！

　そして末尾になりますが、この本を手に取ってくださった読者の皆様、本当にありがとうございます。本を開く時間が一時の息抜きになれば、何よりの幸いです。

　それではまたどこかでお目にかかれることを、心よりお祈りしております。

海野　幸

本作品は書き下ろしです

海野幸先生、篠崎マイ先生へのお便り、
本作品に関するご意見、ご感想などは
〒101-8405
東京都千代田区三崎町2-18-11
二見書房　シャレード文庫
「最近の部下は難解です」係まで。

CHARADE BUNKO

最近の部下は難解です

【著者】海野幸

【発行所】株式会社二見書房
東京都千代田区三崎町2-18-11
電話　03(3515)2311[営業]
　　　03(3515)2314[編集]
振替　00170-4-2639
【印刷】株式会社堀内印刷所
【製本】ナショナル製本協同組合

落丁・乱丁本はお取り替えいたします。
定価は、カバーに表示してあります。

ISBN978-4-576-15204-2

http://charade.futami.co.jp/